DER SCHWARZE KUTTER

Die gefährliche Suche nach den unheimlichen Lichtern im Watt

Kinderkrimi von

Hans-Rainer Riekers

Erstausgabe: 2014

Herausgeber:
Agentur Fischer - Oliver Fischer
Oldenburger Straße 120, 27753 Delmenhorst

ISBN-13:978-1499713732

ISBN-10:1499713738

“Für Lena, Bjarne und Niels“

Inhaltsverzeichnis

Spiekeroog

Nein, die Sommerferien waren wirklich nicht so verlaufen, wie die Familie es sich gewünscht hatte. Zwar waren die Tage auf Wangerooge schön und aufregend gewesen und fast immer hatte die Sonne vom Himmel gelacht. Aber schon auf der Rückfahrt zum Festland hatte es kurz vor dem Einlaufen in Harle angefangen zu regnen und irgendwie hatte man danach das Gefühl, als habe es für den Rest des Sommers nicht mehr aufgehört.
Das stimmte so natürlich nicht. Aber es gab nichts daran zu deuteln: Der Sommer war insgesamt viel zu kühl und regnerisch, also ein ziemlicher Reinfall.

So war es auch kein Wunder, dass irgendwann die Idee aufkam, im Herbst noch einmal an die See zu fahren, und nun war die Familie Richter tatsächlich auf dem Weg zur Insel Spiekeroog. Das Auto war wieder einmal bis unter das Dach vollgepackt und die Stimmung voller Erwartung.

Die Fahrt verlief bei herrlichem, sonnigen Herbstwetter recht ereignislos. Die Felder waren längst abgeerntet und einige Bauern hatten wegen der ersten Nachtfröste schon die Kühe in den Stall geholt.

Obwohl viele Feriengäste unterwegs zu den Inseln waren, blieb der Verkehr geringer als in den Sommerferien. Nur kurz vor der Ortseinfahrt nach Neuharlingersiel gab es einen kurzen Stau. Papa nutzte die Pause, um mit seinem I-Phone den neuesten Wetterbericht abzurufen.

“Das sieht doch super aus!”, strahlte er. “Für die nächsten drei Tage ist nur Sonnenschein und wenig Wind angesagt. Erst danach könnte es stürmisch werden.”

Den Kindern war das ziemlich gleichgültig. Sie konnten sich immer irgendwie beschäftigen und hatten das Thema “Wetter” schon abgeschlossen, als der Spruch kam, mit dem Mama immer wieder die Familie aufmuntern wollte:

“Ist doch egal, es gibt eh kein schlechtes Wetter, nur schlechte Bekleidung.” Dann drehte sie sich

zu Niels um und sagte noch: “Stimmt doch Nielsi, oder?” Niels schloss sich seiner Mama wie immer an und sagte überzeugt: “Timmt!”
Lena und Bjarne sahen sich an, rollten mit den Augen und zogen es vor, zu schweigen. Papa hingegen atmete tief durch und grummelte vor sich hin: “Na wartet mal ab, Dauerregen auf einer Insel ist die reinste Hölle!“

Der Stau hatte sich mittlerweile aufgelöst. Papa fuhr auf das Gelände der “Inselgaragen“, zog eine Parkmünze und ließ sich einen Parkplatz zuweisen. Dann wurde das Urlaubsgepäck auf die gesamte Familie verteilt. Bjarne versuchte zwar mit allerlei Tricks, sich dieser Aufgabe zu entziehen, musste aber doch seinen Anteil übernehmen.
Sogar Niels zog stolz seinen Mini-Trolley selbst. Seinen kleinen Schmusehund klemmte er unter den anderen Arm und marschierte einfach los. Gemeinsam zogen sie im Gänsemarsch den langen Weg auf den Deich hinauf, und als sie oben waren, sahen sie schon das Fährschiff “Spiekeroog II” im Hafen liegen.

Die Familie verharrte einen Moment und blickte auf Hafen, Watt und Meer. Die Luft war außergewöhnlich klar und man konnte unendlich weit gucken.
“Siehst du, Niels?”, fragte Lena. ”Da drüben ist Spiekeroog, da fahren wir hin!”
“Und da ist Wangerooge!”, fügte Bjarne hinzu und zeigte in Richtung Osten, wo der Westturm hell in der Herbstsonne leuchtete. “Da waren wir im Sommer!”
Niels beeindruckte das nur mäßig. Er zog Papa am Hosenbein und sagte: “Da sind Zafe!” Im gleichen Augenblick ließ er seinen Trolley fallen, bückte sich und hob einen grünschwarzen, übel stinkenden Schafsködel auf.
Bevor Mama reagieren konnte, hatte er den Ködel mit den Fingern zerquetscht und begann, ihn in der Hand zu verreiben.
Lena und Bjarne stießen nur ein gequältes “Äääääh!” heraus und wandten sich angeekelt ab. Papa fing laut an zu lachen und holte schnell seine Kamera heraus. Er war der festen Meinung, dass man gerade die Missgeschicke des Lebens im Bild festhalten sollte.

Während der Rest der Familie schwankend zwischen Ekel und Heiterkeit auf Niels herabblickte, blieb die unangenehmste Aufgabe wieder an Mama hängen. Mit einem Feuchttuch versuchte sie, die grüngeködelten Finger ihres Jüngsten so gut es ging zu reinigen. Der ließ das teilnahmslos geschehen und hielt währenddessen Ausschau nach weiteren Forschungsobjekten.

Mittlerweile hatte die Fähre mit einem weit vernehmlichen "Tuuuuuut!" ihre baldige Abfahrt angekündigt und die letzten Fahrgäste zur Eile ermahnt. So nahm Mama den kleinen Schmutzfink auf den Arm, drückte Papa Niels Mini-Trolley in die Hand und eilte in Richtung Fähre.

An Bord

Obwohl die Fähre gut gefüllt war, herrschte lange nicht so ein Gedränge wie auf der sommerlichen Fahrt nach Wangerooge, und trotz des schönen Wetters entschloss man sich, lieber einen warmen Fensterplatz im Salon des Schiffes zu suchen.
Kaum war der gefunden, warfen Lena und Bjarne ihre Taschen auf die Sitzbank und waren schon wieder verschwunden. Sie stürmten auf das Oberdeck und beobachteten interessiert das Ablegemanöver. Ein Matrose war schon zum Heck des Schiffes gegangen und machte sich bereit, die Trossen zu lösen. Ein anderer Matrose hatte mit dem Bordkran die Gangway angehoben, um sie an Land zu stellen. Dann sollte es losgehen.

In diesem Moment fuhr ein Auto mit hoher Geschwindigkeit auf den Anleger. Das Fahrzeug kam mit quietschenden Bremsen zum Stehen, die Beifahrertür flog auf, und ein Mann sprang heraus. “Halt!”, rief er. “Halt, ich muss unbedingt noch an Bord!” Er winkte dem Fahrer noch zu, stürmte zum Kofferraum, riss einen grauen Rucksack und eine Laptoptasche an sich und sprintete auf das Schiff zu. Obwohl der Kran die Gangway schon angehoben hatte, sprang der Mann hinauf und schwang sich mit einer sportlichen Bewegung über die Reling.

Der Matrose sah ihn fassungslos an:

“Ja, sind Sie denn des Wahnsinns?”, stammelte er und schüttelte den Kopf. Der Mann hielt ihm grinsend seine Fahrkarte unter die Nase und ging ohne ein Wort zu sagen unter Deck.

“Echt cool!“, meinte Lena, und Bjarne fügte hinzu: “Der hat es ja richtig eilig.”

Mittlerweile war das Ablegemanöver fortgesetzt worden, und das Schiff setzte sich mit grummelnder Maschine langsam in Bewegung. Der Kapitän drehte die “Spiekeroog II” im Hafenbecken fast auf der Stelle und nahm Kurs auf die Insel.

Lena und Bjarne setzten die Kapuzen ihrer Jacken auf, zogen sich die Schals vor das Gesicht und starrten in das graue Wasser der

Nordsee. Die Häuser von Neuharlingersiel wurden immer kleiner und verschwanden nach und nach, bis sie nicht mehr zu erkennen waren.

Irgendwann gingen sie dann aber doch unter Deck, denn draußen war es empfindlich kalt geworden. Man spürte die Kühle des Nordseewassers aufsteigen und ahnte, dass der Winter nicht mehr fern war.

Zudem stieg ihnen aus dem Salon der Duft frischer Bockwürstchen in die Nase und jeder, der jemals mit einer Fähre gefahren ist, wird bestätigen, dass es keinen Platz auf der Welt gibt, an dem heiße Würstchen besser schmecken.

Papa war der gleichen Ansicht, ließ sich nicht lumpen und gab für die ganze Familie eine Runde Bockwurst aus. Lena und Bjarne gingen zur Kombüse und gaben ihre Bestellung auf.

“Jau!”, sagte der Matrose hinter dem Tresen.“ Kann aber einen Moment dauern.” Dann drehte er sich bedächtig um und schaltete den Herd eine Stufe höher.

Lena und Bjarne nutzten die Zeit, um sich die Fahrgäste in dem Salon in Ruhe anzusehen. Natürlich waren viele Eltern mit ihren Kindern darunter, aber auch einige ältere Leute hatten es sich auf den Sitzbänken bequem gemacht.
Die meisten Menschen sahen aus dem Fenster, andere verzehrten ihre mitgebrachte Reiseverpflegung, einige waren sogar eingenickt.
Dann fielen die Blicke der Kinder auf den Fahrgast, der als letzter an Bord gekommen war. Der Mann hatte seine Jacke ausgezogen und sich ganz alleine in eine Ecke des Salons gesetzt. Sein Laptop hatte er vor sich auf den Tisch gestellt, und Lena schien es, als habe er es so zur Seite gedreht, dass bloß niemand daraufblicken könne.
Der Mann nahm von den Mitreisenden um sich herum keinerlei Notiz und begann, konzentriert zu arbeiten. Mittlerweile hatte er sich eine ziemlich große Hornbrille aufgesetzt. Die schwarzen Haare hingen ihm wirr ins Gesicht.
Bjarne stieß Lena mit dem Ellenbogen an: "Komischer Typ, oder?"

Lena nickte nachdenklich und sagte: "Stimmt, der fährt im Urlaub auf eine Insel und beginnt gleich zu arbeiten."
Weiter kam Lena nicht, denn in diesem Moment knallte der Mann aus der Kombüse mit einem lauten "Biddeschöööön!" die Würstchen auf den Tresen.

Das Fährschiff hatte mittlerweile die Hälfte der Fahrt zur Insel hinter sich gebracht. Während sich die Fähre von Harle nach Wangerooge in weiten Kurven durch das Wattenmeer schlängeln musste, ging die Fahrt nach Spiekeroog fast schnurgeradeaus.
Lena und Bjarne hatten inzwischen ihre Jacken wieder angezogen und wollten vom Oberdeck aus die Ankunft auf Spiekeroog beobachten. Als sie ins Freie traten, schlug ihnen sofort der Fahrtwind entgegen, und so zogen sie es vor, sich direkt an der Eingangstür zur Kommandobrücke des Schiffes dicht an die Wand zu stellen. Hier war es ein wenig windgeschützt, aber immer noch ziemlich kalt. Lena hatte schon eine ganz rote Nase und wollte

gerade ankündigen, dass sie doch lieber wieder unter Deck gehen würde, da ging die Tür auf. Der Kapitän, ein ziemlich großer, dicker Mann mit zauseligem, grauen Vollbart, beugte sich heraus.

“Na, ihr beiden Süßwassermatrosen? Kommt mal lieber rein. Bei mir braucht ihr nicht zu frieren und außerdem kann man hier oben viel besser gucken. Ich bin Kapitän Hansen.”

Er drückte den beiden Kindern die Hand, die daraufhin schüchtern die Kommandobrücke betraten und sich beeindruckt umsahen. Wo man auch hinblickte, überall flackerten Bildschirme und leuchteten Messinstrumente. Direkt hinter dem großen Steuerrad befanden sich gleich mehrere Telefonhörer nebeneinander.

“Das sieht ja aus wie in einem Raumschiff”, sagte Bjarne leise. Lena nickte.

Der Kapitän hatte Bjarnes Bemerkung gehört.

“Tja, im Wattenmeer braucht man all das. Radar, GPS, Echolot, aktuelle Wetteranzeige, Seefunk, Funktelefon und so weiter und so weiter. Das Wattenmeer ist unberechenbar.

Wenn man einen Moment nicht aufpasst, ist man schon auf Grund gelaufen!”

Dann fügte er lachend hinzu: “Keine Angst, ist mir noch nie passiert. Ich kenne hier jede Sandbank.”

Gerade noch mal gutgegangen

Lena und Bjarne hatten ihre anfängliche Scheu überwunden und genossen den fabelhaften Ausblick.

“Seht ihr die grüne Tonne direkt voraus?”, fragte der Kapitän. Lena und Bjarne nickten eifrig. “Da müssen wir noch rum und schon haben wir die lange Spiekerooger Hafeneinfahrt direkt vor uns. Da muss ich dann aufpassen und das Schiff immer genau zwischen den Priggen in der schmalen Fahrrinne halten.”

“Äh… Priggen?” Bjarne sah den Kapitän fragend an.

“So nennen wir die Birkenzweige, die dort im Watt stecken. Daran muss ich mich orientieren”, sagte der Kapitän.

“Aber warum macht man denn da nicht gleich feste Seezeichen hin?”, fragte Lena.

“Das lohnt sich nicht”, antwortete der Kapitän. “In jedem Jahr verändert sich das Watt so sehr, dass die Fahrrinne im Frühjahr wieder neu markiert werden muss. Jetzt aber genug geredet, ich muss mich konzentrieren.”

Der Kapitän steuerte das große Schiff genau durch die Priggen. Tatsächlich blieb rechts und links wenig Platz. Falls ihnen ein Schiff entgegen kommen sollte, würde es sehr eng werden.

Der Kapitän zeigte nach vorne auf einen langen roten Hebel. “So, ihr Süßwassermatrosen, jetzt könnt ihr mir helfen. Zieht mal kräftig an diesem Hebel und zählt langsam bis drei.”

Die Kinder griffen zeitgleich zu und zogen mit aller Kraft. Im selben Augenblick stieß das Schiff ein ohrenbetäubendes tiefes “Tuuuut” aus.

Lena und Bjarne zuckten vor Schreck zusammen. “Das war unser Einlaufsignal”, meinte Kapitän Hansen. “Drei Sekunden Dauerton, damit alle wissen, dass wir kommen.”

Der Kapitän nahm weiter Fahrt aus dem Schiff und wollte sich auf das Anlegemanöver konzentrieren, als sich von einem Anleger im Hafen ein schwarzes Fischerboot löste. Ohne auf das einlaufende Fährschiff zu achten, nahm der Kutter schnell Fahrt auf und zog direkt vor der “Spiekeroog II” in die Fahrrinne.

Der Kapitän fluchte vor Wut, schaltete blitzschnell die Maschine auf “Volle Kraft zurück”, drehte mit einem kräftigen Schwung das Steuerrad nach Backbord und konnte so in letzter Sekunde eine Kollision verhindern.

“Das war knapp!”, polterte der Kapitän. “Wir wären fast auf Grund gelaufen! Der Kerl mit dem schwarzen Kutter hat gegen alle Vorfahrtsregeln verstoßen, die es in der Seefahrt gibt”, fügte er grollend hinzu. Dann beugte er sich aus dem Fenster und zeigte dem schnell davonfahrenden Fischkutter wütend die geballte Faust.

“Abraxas” stand als Schiffsname am Heck des Kutters, der mit hoher Geschwindigkeit in der langsam einsetzenden Abenddämmerung verschwand. Nicht einmal die Navigationslichter waren an dem Schiff eingeschaltet.
“Abraxas?” Lena überlegte kurz. “So heißt doch der Rabe in den Geschichten von der kleinen Hexe!”
“Was für ein unheimlicher Name für ein unheimliches Schiff!”, antwortete Bjarne. Lena

nickte und stimmte ihm zu. Der Name passte wirklich perfekt. Die Kinder sahen, dass der Fischkutter von vorne bis hinten, von oben bis unten in einem matten Schwarz angemalt war. Sogar die Scheiben waren schwarz verspiegelt, so dass man nicht einmal erkennen konnte, wer am Steuer des Kutters stand. An Deck zeigte sich kein Mensch. Es schien so, als würde das Schiff auf geheimnisvolle Weise ganz ohne Besatzung auslaufen.

Der Kapitän hatte sich mittlerweile ein wenig beruhigt und begann, die "Spiekeroog II" langsam im Hafenbecken zu drehen und geschickt an die Kaje zu steuern.
Leinen flogen an Land, und nach wenigen Minuten war das Schiff festgemacht. Schon drängelten die ersten Fahrgäste an Deck, um die Fähre zu verlassen. Der Kapitän verabschiedete die beiden Geschwister.
"So, ihr beiden! Jetzt habt ihr wenigstens mal was erlebt! Wäre beinahe schief gegangen. Aber ich hab euch ja gesagt, bislang bin ich mit meinem Schiff noch nie aufgelaufen."

Als Bjarne und Lena in dem Gedränge auf dem Oberdeck den Rest ihrer Familie fanden, wunderte sich Mama: “Wo ward ihr denn die ganze Zeit? Wir haben euch schon gesucht!”
Die beiden Kinder erzählten sogleich von ihrem Erlebnis. Papa hörte interessiert zu, denn unten im Salon hatte man von dem Beinaheunfall nichts mitbekommen.

Mittlerweile hatte der Strom der Passagiere die Familie unaufhaltsam zur Gangway gedrängt. Die ersten Fahrgäste betraten schon die Insel.
“Und wo ist jetzt die Inselbahn?”, fragte Lena enttäuscht.
“Gibt’s hier nicht”, antwortete Papa. “Das Inseldorf liegt ja direkt hinter dem Deich.”
Das Gepäck wurde aus den Containern geholt, die der Schiffskran mittlerweile auf dem Kai abgestellt hatte. Dann nahmen sie Taschen und Trolleys auf und folgten der langen Karawane der Urlauber, die sich inzwischen in Bewegung gesetzt hatte.

Lena und Bjarne war nicht entgangen, dass der letzte Fahrgast, der das Schiff vor dem Ablegen in Neuharlingersiel betreten hatte, nun der erste war, der die Fähre verließ. Der Mann mit den schwarzen, wirren Haaren und der etwas zu groß wirkenden Hornbrille hatte das Schiff fast im Laufschritt verlassen. Da er nur Rucksack und Laptop bei sich hatte, musste er nicht mehr auf die Gepäckcontainer warten und verschwand sofort Richtung Inseldorf.

Auf der Insel

Nachdem die Familie die Deichkrone erreicht hatte, erblickte sie direkt vor sich die ersten Häuser und Hotels.
Spiekeroog sah ganz anders aus als Wangerooge. Die Gebäude waren kleiner, auch die Hotels waren nicht so hoch. Viele wunderschöne alte Häuser sahen sie auf dem Weg in ihr Hotel. Überall standen große Kastanien, deren Laub bunt verfärbt war.
Und welch seltsame Namen die Straßen hier trugen: "Wüppspoor", "Melksett", "Westerloog", "Südermenns". Das waren Worte wie aus einer fremden, unverständlichen Sprache. Viele Häuser hatten einen kleinen Vorbau, der in bunten Farben angestrichen war. Die warmen Lichter, die aus den Häusern heraus in der sich allmählich verstärkenden Dämmerung auf die schmalen Wege fielen, tauchten den ganzen Ort in eine tiefe, herbstliche Gemütlichkeit.

Das Hotel “Inselfreude” befand sich in der Straße “Süderloog”. Die Familie bezog eine große Ferienwohnung in einem Nebengebäude des Hotels. Man konnte vom Zimmer aus direkt auf die alte Inselkirche gucken. Kochen musste niemand, denn die Mahlzeiten wurden im Haupthaus eingenommen. Da waren Mama und Papa einer Meinung: Sich mal zehn Tage lang von vorne bis hinten bedienen lassen!

Am nächsten Tag beim Frühstück im Wintergarten wurde beschlossen, dass heute eine große Inselerkundung stattfinden sollte.
“Supi!“, rief Bjarne. “Wo ist denn hier der Fahrradverleih?”
“Kann ich dann ein Mountainbike bekommen?”, fragte Lena.
“Fahrräder gibt es auf dieser Insel nicht zu leihen”, antwortete Papa ungerührt. “Fast überall ist Fahrrad fahren verboten, denn Spiekeroog ist die Insel der Fußgänger.”
Bjarne fiel beinahe das Brötchen aus der Hand. Er sah Papa fassungslos an.

“Aber der Strand ist hier ewig weit vom Ort entfernt. Da sollen wir jedes Mal hinlatschen?”

“Das ist nun mal so”, sagte Mama. “Ihr werdet schon sehen, wie schön es ist, hier zu wandern.”

Nach dem Frühstück ging Mama zur Hotelrezeption. Dort konnte sie einen kleinen Bollerwagen ausleihen, in den man Niels setzen wollte, falls ihm doch mal die Puste ausgehen sollte. Dann ging es wie beschlossen los.

Nachdem man den Ort mit seinen vielen kleinen Geschäften besichtigt hatte, in der Eisdiele das erste, wunderbar sahnige “Inseleis” vernascht und beim Inselbäcker am Noorderloog leckere Marschverpflegung gekauft hatte, ging es über den Slurpad in Richtung Hauptstrand. Lena wunderte sich. Natürlich war Spiekeroog nicht mit dem Harz zu vergleichen, aber die Dünen waren hier ziemlich hoch. Einige erreichten eine Höhe von bis zu 24 Meter. Das war für eine Insel sehr beachtlich. Deshalb wies der Weg zum Hauptstrand auch einige Steigungen auf, die selbst den unermüdlich vor sich hin stapfenden Niels in den Bollerwagen zwangen.

Lena und Bjarne machte das nichts. Sie liefen übermütig voraus, denn jeder von ihnen wollte das Meer als Erster sehen. Plötzlich blieben sie überrascht stehen. Als sie aus dem Dünental herauskamen, bemerkten sie rechts des Weges eine riesenhafte Gestalt. Auf dem höchsten Punkt einer Aussichtsdüne stand die überlebensgroße Statue eines Mannes, der Ausguck hielt und auf das Watt hinausblickte.
Die Kinder bogen ab und erklommen die Aussichtsdüne so schnell sie nur konnten. Kurz vor dem Gipfel war der Weg so steil, dass er nur noch über Treppenstufen zu bewältigen war.
Die Statue war 3,5 Meter hoch. "Utkieker" oder auf Hochdeutsch "Ausgucker" hieß sie. Die Kinder umfassten die Füße der Statue. "Pures Eisen!", meine Bjarne. "Messing!", korrigierte Lena. Das hatte sie gerade von den neben ihr stehenden Leuten aufgeschnappt.
Die Aussicht hier oben war grandios. Sie konnten über das Watt bis auf das Festland hinübersehen. Selbst die Nachbarinseln Wangerooge und Langeoog schienen zum Greifen nah, und wenn sie in Richtung Norden

zum Horizont sahen, konnten sie die Schiffe sehen, die den Häfen zustrebten.
Mama und Papa hatten mittlerweile den Bollerwagen samt Niels weitergezogen und den Strand erreicht. Der war unglaublich breit, viel breiter als auf Wangerooge.
Schnell wollten die Kinder einmal bis ans Wasser gehen, um zu prüfen, wie kalt es war. Die Tests ergaben: Es war kalt, sogar sehr kalt! An Baden war gar nicht mehr zu denken.
Die Familie trottete langsam den Strand entlang, genoss Wind, Wellen und Salzluft und zog über den "Strandpad" wieder zurück in den Ort.
Kurz bevor sie Hallenbad und Kurhaus erreichten, führte sie der Weg an einem sechseckigen, grünweiß gestrichenen Häuschen vorbei. "Das ist der Lesepavillon", sagte Papa nach einem Blick auf den Inselplan.
Der hübsche Pavillon leuchtete einladend in der Sonne. Hinter den großen Scheiben hatten es sich einige Gäste gemütlich gemacht. Geschützt vor dem Herbstwind lasen sie Bücher oder Zeitschriften oder genossen einfach nur den Ausblick über die Dünen.

An einem der Fenster war ein buntes Plakat befestigt. Bjarne und Lena lasen interessiert:

„Ein unterhaltsamer Vortrag über die
abenteuerliche
Geschichte der Insel Spiekeroog.
Von Dr. Jan Fokken, Universität Oldenburg.
Heute Abend, 20.00 Uhr, im Lesepavillon. „

“Können wir dahingehen, Papa?”, drängte Lena. “Auja, bitte!”, schloss sich Bjarne an. Papa zeigt sich gnädig:
“Mal sehen!” Das hieß meisten so viel wie: “Machen wir!” Für die Kinder war es jedenfalls beschlossene Sache.

Das Abendessen im Hotel verlief fast störungsfrei. Mal abgesehen von dem Saftunfall, den Niels verursachte und mit einem lockeren “Upsi!” kommentierte. Die gesamte Tischdecke hatte er mit Apfelschorle eingenässt, so dass die Decke von der Kellnerin ausgetauscht werden musste. Dabei lächelte Niels sie so unschuldig an, als hätte er mit der ganzen Angelegenheit nichts zu tun.

Als sie wieder auf ihrem Zimmer eintrafen, hatte Niels schon einen ziemlich verklärten Blick. Die Zeit reichte gerade noch, um ihn bettfertig zu machen, dann schlief er fast schon in Mamas Armen ein.

Papa, Lena und Bjarne machten sich nun auf den Weg zum Lesepavillon. Zum Glück hatten sie ihre Taschenlampen mitgenommen. Sie waren überrascht, wie dunkel es außerhalb des Ortes war. Man konnte tatsächlich die Hand kaum vor den Augen sehen, doch über ihnen spannte sich ein Sternenhimmel, wie sie ihn noch nie gesehen hatten. Die Milchstraße war deutlich als funkelndes Sternenband zu erkennen.

Nach einigen Minuten sahen sie das Licht des Lesepavillons durch die Dünen scheinen. Als sie eintrafen, waren schon viele Gäste anwesend, doch sie hatten Glück und ergatterten Sitzplätze, von denen man einen guten Blick auf den Referenten hatte.

Doktor Jan Fokken

Kurz nach 20 Uhr trat der Kurdirektor nach vorne und eröffnete den Abend. Er stellte den Referenten vor und wies darauf hin, dass es sich bei ihm um einen “Sohn der Insel” handele, das heiße, er sei auf der Insel geboren und aufgewachsen.
Dann bat er Dr. Fokken nach vorne. Aus der ersten Reihe heraus erhob sich ein Mann, ging zu einem Pult, auf dem ein Laptop stand und drehte sich um.
Bjarne und Lena waren ziemlich überrascht. Vor ihnen stand der Mann mit den wirren schwarzen Haaren und der etwas zu großen Hornbrille, der ihnen auf der Fähre aufgefallen war. Jetzt wo sie ihn aus der Nähe sahen, stellten sie fest, dass er jünger war, als sie gedacht hatten. Er mochte gerade mal 30 Jahre alt sein und wirkte gar nicht mehr so geheimnisvoll wie auf dem Schiff.

Die Kinder waren fast ein wenig enttäuscht, denn sie hatten sich insgeheim schon die

tollsten Geschichten ausgemalt, was es mit dem Mann so auf sich haben könnte.
Bjarne war sich sicher gewesen, dass es sich bei dem Mann um einen modernen Piraten handeln müsse, denn vor kurzer Zeit hatte Papa den Kindern erzählt, dass es auch heute noch Piraten gebe.
Allerdings trügen die keine schwarzen Augenklappen mehr, würden auch nicht mit Säbeln rasseln und hätten schon gar keinen plappernden Papagei auf der Schulter.
Dr. Jan Fokken begann mit seinem Vortrag. Die Kinder stellten fest, dass er ein richtig lockerer Typ war. Er erklärte seinen Zuhörern die Geschichte der Insel Spiekeroog so unterhaltsam, dass alle wie gebannt an seinen Lippen hingen.
“Wenn doch die Schule auch so interessant wäre!”, flüsterte Lena Bjarne zu.
Dr. Fokken berichtete, dass die Insel schon im Jahre 1398 in einer Urkunde erwähnt wurde. Damals hieß sie noch “Spiekeroch”.
Bjarne wurde fast schwindelig. Mit solch hohen Zahlen konnte er noch gar nicht umgehen. Papa

musste ihm ausrechnen, dass das schon über 600 Jahre her sei.
Dann wurde es immer spannender. Dr. Fokken erzählte von friesischen "Häuptlingen", die auf der Insel gelandet waren und die Spiekerooger ausgeplündert hatten, von Strandräubern, die nachts am Strand Feuer angezündet und somit die Segelschiffe angelockt hatten, bis sie vor der Insel gestrandet waren und ausgeraubt werden konnten. Er sprach von Piraten, die die Nordsee unsicher machten und von Klaus Störtebeker, der den Küstenbewohnern Angst und Schrecken einjagte.

Dann berichtete Dr. Fokken von einem spanischen Segelschiff, das 1588 vor Spiekeroog gestrandet sei. Eine hölzerne Marienfigur von Bord dieses Schiffes könne man noch heute in der alten Inselkirche sehen.
"Die Spiekerooger erzählen sich, damals sei ein Goldschatz an Bord gewesen. Gesehen oder gar gefunden hat ihn aber noch niemand", fügte er augenzwinkernd hinzu.

Die Kinder lauschten mit glühenden Wangen. Sogar Bjarne, sonst ein ziemlicher Zappelphilipp, saß still und regungslos da.

Nach einer Stunde gab es eine kleine Pause. Auf einem Tisch waren Getränke bereitgestellt und jeder konnte sich bedienen. Lena und Bjarne flitzten als erste nach vorne, denn vor Aufregung hatten sie einen ganz trockenen Mund bekommen. Dabei waren sie so ungestüm, dass sie vor dem Tisch direkt mit Dr. Fokken zusammenstießen. Dr. Fokken konnte Bjarne gerade noch abfangen, bevor der in vollem Lauf gegen den Tisch krachte.
“Hallo, nicht so wild! Oder seid ihr etwa Piraten und wollt die Getränke rauben?”, fragte er lachend.

Er schenkte sich und den Kindern Getränke ein, dann gingen sie gemeinsam vor die Tür, um ein wenig frische Luft zu schnappen.
“Wir haben Sie schon auf dem Schiff gesehen, Herr Doktor”, platzte Lena gleich heraus. “Sie wären fast ins Wasser gefallen, aber irgendwie

sah das auch ziemlich cool aus, wie Sie es doch noch geschafft haben."

Dr. Fokken schmunzelte: "Ja, das war wirklich knapp und wohl auch ein wenig leichtsinnig. Aber es war die letzte Fähre und die musste ich unbedingt noch erreichen. Meine Mutter wohnt auf der Insel, und ich hatte versprochen, noch am Abend bei ihr zu sein. Außerdem wollte ich für den heutigen Abend einiges vorbereiten. Aber ihr braucht mich nicht zu 'siezen', sagt einfach Jan zu mir. Sooo alt bin ich ja auch noch nicht."

Lena und Bjarne stellten sich vor und begannen sofort, Jan ein Loch in den Bauch zu fragen.

"Waren die Friesenhäuptlinge eigentlich so richtige Häuptlinge mit Federn im Haar?", fragte Bjarne.

"Nein, nein," antwortete Jan, "was du meinst sind die Indianerhäuptlinge. Die Friesenhäuptlinge waren so etwas wie Fürsten und Grafen. Einige waren gut und gerecht, andere böse."

"Und wo ist der Goldschatz von dem spanischen Schiff geblieben? Haben die Friesenhäuptlinge den mitgenommen?", setzte Lena nach.

“Das wissen wir leider nicht”, antwortete Jan. “Wir wissen nicht einmal, ob es den Goldschatz wirklich gab. Allerdings wird es auf der Insel so erzählt. Demnach sollen unbekannte Männer den Schatz geraubt haben, um die Kriegskasse der Häuptlinge zu füllen. Auf der Fahrt zum Festland soll sich ihr Boot im nebeligen Wattenmeer verirrt haben und mit Mann und Maus gesunken sein. Ich sagte ja schon, der Schatz ist niemals aufgetaucht.”

Die Kinder hätten Jan noch stundenlang ausquetschen können, aber die Pause war zu Ende und der Vortrag ging weiter. Allerdings waren Lena und Bjarne nun gar nicht mehr richtig konzentriert. Die Geschichte mit dem Goldschatz, der vielleicht im Wattenmeer zwischen Spiekeroog und dem Festland versunken war, ließ sie nicht mehr aus ihrem Bann.

Nach dem Ende des Vortrags verabschiedeten sich die Kinder von Jan. “Wir werden uns bestimmt noch sehen”, sagte er zum Abschied, “ich bleibe nämlich noch einige Tage auf der Insel. Wenn ihr wollt, besucht mich ruhig mal.

Meine Mutter wohnt im Gartenweg, in dem Haus mit der feuerroten Veranda. Kann man gar nicht verfehlen."

Die Kinder waren von dem Vortrag so begeistert und aufgeregt, dass Papa beschloss, zur Entspannung noch einen Spaziergang durch die nächtlichen Dünen zu unternehmen. Sie liefen im Schein ihrer Taschenlampen bis zum oberen Strandweg und entschieden sich, dem "Utkieker" noch einen nächtlichen Besuch abzustatten.
Schnell kraxelten sie die Holzstufen bis zum Aussichtspunkt hoch. Der "Utkieker" stand schweigend in der kalten Nacht. Sein Blick war stumm auf das Watt gerichtet, das wie ein langer, schwarzer Streifen unter ihnen lag. Drehte man sich zur anderen Seite, sah man die Lichter der Schiffe auf dem Meer und daneben die blinkenden Bojen entlang der Fahrrinnen. Das Leuchtfeuer von Helgoland wischte in regelmäßigen Abständen wie ein silberner Finger über den Himmel.

Das geheimnisvolle Licht

Während Papa schon wieder den Rückweg antrat, konnten die Kinder sich von dem nächtlichen Bild kaum lösen. Lena blickte noch einmal über das Watt. Dort blinkten nur ganz vereinzelt Bojen. An den meisten Stellen war das Watt so dunkel, dass man es mehr ahnen als sehen konnte.

Sie wollte sich gerade umdrehen, um Papa zu folgen, da sah sie aus einer der dunkelsten Stellen des Watts, ziemlich auf halber Strecke zwischen der Insel und dem Festland, für wenige Augenblicke ein gleißend helles Licht aufleuchten. Es war fast so, als hätte jemand für Sekunden versehentlich den Vorhang eines Fensters zur Seite geschoben und damit das Licht eines hellbeleuchteten Saales nach draußen fallen lassen. Lena stutzte. Sie stieß Bjarne mit dem Ellenbogen an.

“Hast du das eben gesehen?”

“Nö“, antwortete Bjarne, “ich hab nix gesehen.”

Lena nahm seinen Kopf, drehte ihn in die richtige Richtung und sagte: “Da, genau da war ein ganz helles Licht. Nur ganz kurz.”
“Na und?“, meinte Bjarne. “Jetzt ist jedenfalls nichts mehr zu sehen. Wird wohl ein Schiff gewesen sein.”
Lena schüttelte den Kopf. “Das kann kein Schiff gewesen sein, wir haben gerade Ebbe. An der Stelle ist jetzt gar kein Wasser. Ich glaube nicht mal, dass man da überhaupt mit dem Schiff oder einem Boot hinfahren könnte. Dort ist es auch bei Flut viel zu flach.”
Lena erinnerte sich an eine Seekarte, die sie im Gebäude der Kurverwaltung gesehen hatte. Sie konnte sich erinnern: “Swinnplate” hieß das Watt dort.
Die beiden Kinder sahen angestrengt in das Watt, und gerade als Lena schon selbst glaubte, sie habe sich geirrt, war er wieder da:
Der helle Lichtschein blitzte nur einen Wimpernschlag lang auf, dann lag das Watt wieder schwarz da.
“Ja!”, rief Bjarne. “Jetzt habe ich es auch gesehen! So helle Schiffslichter gibt es doch gar

nicht.” Sie warteten noch einige Zeit, aber das Licht leuchtete nicht wieder auf.
Papa rief schon aus der Dunkelheit und forderte die beiden auf, endlich zu kommen.
“Wir müssen uns die Stelle genau merken”, sagte Lena. Sie stellte sich genau vor den “Utkieker” und blickte dann hinüber Richtung Wilhelmshaven, dessen Lichtschein deutlich am Horizont zu erkennen war. Genau auf der gedachten Linie zwischen dem “Utkieker” und den Lichtern der Stadt befand sich die Stelle im Watt, an der das Licht aufgeleuchtet war.
“Morgen gucken wir auf die Seekarte”, sagte Lena, “dann wissen wir, ob es ein Fischkutter gewesen sein kann.”
Sie stürmten die Düne herunter und erzählten Papa von dem seltsamen Licht im Watt. Papa fand die Geschichte allerdings nicht sonderlich aufregend. Er war der festen Meinung, die Kinder hätten einfach nur eine Leuchtboje oder einen Fischkutter gesehen.
“Vielleicht sind es ja nur die Taschenlampen von Wattwanderern gewesen“, fügte er beiläufig hinzu.

“Glaubst du das wirklich?” Lena sah Papa skeptisch an. “Da laufen nachts Menschen bei diesem Wetter im stockdunklen Watt umher - und dann noch so weit draußen?”

Am nächsten Morgen schlangen Lena und Bjarne ihr Frühstück geradezu herunter. “Was ist denn mit euch los?”, wunderte Mama sich. “Sonst bummelt ihr stundenlang beim Essen herum, und nun kann es euch nicht schnell genug gehen.”
Lena erklärte, dass sie sich unbedingt in Ruhe die Seekarte in der Kurverwaltung angucken müssten, da sie und Bjarne gerade einem verdächtigen Licht auf der Spur seien.
“Was kann es im Watt schon Verdächtiges geben?”, meinte Mama ironisch. “Vielleicht hat ein Wattwurm ein Lagerfeuer gemacht, weil ihm zu kalt war”, alberte sie.

Nachdem die Kinder sich warm angezogen hatten, trotteten sie los. Sie gingen quer durch den Ort, sammelten hier und dort die reichlich auf dem Boden liegenden Kastanien ein,

machten einen kleinen Abstecher zum Kinderspielhaus und landeten irgendwann im Kurhaus.
Gleich gegenüber vom Eingang hing die große Seekarte von Spiekeroog an der Wand. Lena nahm einen Bindfaden, den sie sich vorsorglich eingesteckt hatte. Bjarne musste das eine Ende des Fadens dort auf die Seekarte drücken, wo sich Wilhelmshaven befand. Lena zog das Band stramm und hielt das andere Ende genau an die Stelle, wo die Düne mit dem "Utkieker" lag.
"Siehst du!", rief sie triumphierend. "Genau wie ich gesagt habe. An der Stelle, wo wir das Licht gesehen haben, verläuft kein Priel."
"Swinnplate", buchstabierte Bjarne mühsam. So hieß das Watt an dieser Stelle. Er war beeindruckt, denn genau das hatte Lena am Abend gesagt.
Eines war nun geklärt: Sie hatten ein helles Licht an einer Stelle im Watt gesehen, an der es gar kein Licht geben konnte.

Sturm

Nach dem Mittagessen stand wieder ein langer Spaziergang auf dem Plan. Inzwischen hatte sich die ganze Familie daran gewöhnt, dass hier auf der Insel alles zu Fuß erledigt wurde. Das hatte auch zur Folge, dass auf Spiekeroog alles seine Zeit brauchte und man deshalb das Gefühl hatte, als würde die Zeit hier viel langsamer vergehen, als zu Hause. Mama kommentierte das mit den Worten: "Wer hier nicht zur Ruhe kommt, der kommt nie zur Ruhe."

Als sie vor das Hotel traten, sahen sie erstaunt zum Himmel. Sie hatten gar nicht bemerkt, dass das Wetter innerhalb der letzten Stunden total umgeschlagen war.

Der tiefblaue Himmel hatte sich zugezogen und der Wind war aufgelebt. Dunkelgraue Wolken jagten über die Insel. Obwohl es nur ein wenig kälter geworden war, kam es ihnen vor, als wäre der Herbst vorbei und der Winter hätte begonnen.

Papa hielt stolz sein iPhone in die Höhe. “Seht ihr, der Wetterbericht hat genau gestimmt. Drei schöne Tage, dann kann es Wind geben.”
“Es kann Wind geben?”, fragte Mama spöttisch. “Das ist doch kein Wind, das ist schon fast ein Sturm!”
Als sie am Strand ankamen, schlug ihnen der Wind mit voller Kraft entgegen. Mama hatte recht, das war wirklich fast ein Sturm. Die See war völlig aufgewühlt. In den letzten Tagen schien das Wasser tiefblau, nur selten klatschten träge Wellen an den Strand.
Nun hörte man das Meer schon lange, bevor man es sehen konnte. Wellen schlugen im schnellen Takt donnernd und schäumend an den Strand. Die Farbe des Wassers hatte sich von blau in ein abweisendes Grau verwandelt. Weit draußen auf dem Meer bildete der Wind lange weiße Schaumstreifen, die wie dünne Fäden auf den Strand zuliefen.
Obwohl es bis zum Hochwasser noch eine gute Stunde hin war, hatten die Wellen den Spülsaum der vergangenen Tage schon erreicht. Das bedeutete, dass das Wasser sicher hundert

oder zweihundert Meter dichter an die Dünen herankommen würde, als in den Vortagen.
Die Familie trabte über den Strandpad zurück in den Ort. Dort spürte man den Wind nicht mehr so sehr, und Papa führte die Familie direkt zum Inselbäcker. Hier waren in einer windgeschützten Ecke einige Stühle herausgestellt worden und sogar Wolldecken lagen bereit. So konnte man trotz des ungemütlichen Wetters draußen sitzen und gemütlich einen Tee mit Kluntjes trinken.
Die Familie hatte sich gerade niedergelassen und Mama begann schon, die Wolldecken zu verteilen, da hatte Lena eine Idee:
“Darf ich mit Bjarne zum Hafen runtergehen und gucken, ob die “Spiekeroog II” wieder mit unserem Freund, Kapitän Hansen, einläuft?”
“Au ja!”, schloss sich Bjarne an. “Wir können ja ein Stück Kuchen mitnehmen und unterwegs essen. Durst haben wir sowieso nicht.”
Mama und Papa sahen sich an.
“Na gut, aber wenn es dunkel wird, seid ihr wieder im Hotel!”

“Und geht nicht auf die kippeligen Holzstege am Jachthafen!”, fügte Mama hinzu.
Bevor die Kinder sich auf den Weg machten, musste jedes noch einen großen Schluck aus Mamas Wasserflasche nehmen und bekam ein riesiges Stück Streuselkuchen in die Hand gedrückt. Dann ging es los.

Spiekeroog war wirklich ziemlich klein. Die Kinder brauchten nicht einmal schnell zu laufen und standen doch schon nach fünf Minuten am Hafen. Sie kamen genau zur rechten Zeit. Das Fährschiff passierte gerade die letzte Tonne der Fahrrinne und drehte hart nach Steuerbord ein, in die schmale Hafenzufahrt. Langsam kam das Schiff näher, und erst als es im Hafen drehte, um seitlich an die Kaje zu gelangen, stellten sie enttäuscht fest, dass es nicht die “Spiekeroog II” sondern ihr Schwesterschiff war.
“Schade, dann ist Kapitän Hansen auch nicht an Bord”, sagte Lena ein wenig enttäuscht.
Trotzdem blieben sie stehen und sahen sich das Treiben auf dem Kai an.

Vermutlich lag es am Wetter, denn mittlerweile trieb der Wind einen leichten Nieselregen vor sich her, und so nahmen die wenigen Passagiere mit hochgeschlagenem Kragen und tief in die Gesichter gezogenen Mützen schnell ihre Koffer und hasteten in Richtung Dorf

Die Kinder blickten sich um. Kaum waren die Fahrgäste verschwunden, da lag der ganze Hafen wie ausgestorben vor ihnen. Selbst das Fährgebäude war menschenleer.

Abraxas

Lena und Bjarne zogen die Schultern hoch und wollten den Rückweg zum Hotel antreten, da bemerkten sie auf der anderen Seite des Hafens, ganz am Ende eines der Holzstege, die "Abraxas".

Sie war fest vertäut und schüttelte sich doch im Wind, als wolle sie sich losreißen und alleine auf das Meer hinausfahren. Man konnte diesen seltsamen Kutter leicht übersehen, denn mit seinem dunklen Anstrich hob sich "Abraxas" von dem grauen Meerwasser und dem dunklen Holzsteg kaum ab.

"Komm, den Kahn sehen wir uns mal an!", forderte Bjarne Lena auf. Die zögerte einen Augenblick, denn Mama hatte ihnen doch ausdrücklich verboten, auf die Holzstege zu gehen. Dann siegte aber die Neugierde und Lena schritt mutig voraus.

Sie passierten gerade das Gebäude des Hafenmeisters, da ging die Tür auf und ein alter Mann mit weißen Haaren und einer

Schiffermütze auf dem Kopf trat heraus. Er hatte eine braune Aktentasche mit einer Thermoskanne unter dem Arm und wollte wohl gerade Feierabend machen. Während er die Bürotür verschloss, musterte er Lena und Bjarne. Dann sagte er mürrisch: “Was treibt ihr euch denn bei dem Schietwetter hier herum! Ihr wollt doch wohl keine Dummheiten machen?”

“Nein, nein”, entgegnete Lena schnell, “wir wollen uns nur einmal kurz die “Abraxas” angucken. So einen seltsamen Fischkutter haben wir noch nie gesehen.”

“Ist ja auch kein Fischkutter,” grummelte der Hafenkapitän. “Die fahren nie zum Fischen raus, immer nur nachts und immer nur ins Wattenmeer. Haben nicht mal Netze an Bord. Die Besatzung kriegt man fast nie zu sehen und wenn, dann grüßen die nicht einmal. Na mir ist’s egal, Hauptsache die bezahlen ihre Hafengebühren.”

Dann wandte er sich um und ging.

“Seid vorsichtig auf dem Steg, der wackelt und ist durch den Regen rutschig. Am besten, ihr geht da gar nicht erst rauf," rief er ihnen noch nach und war im Regen verschwunden.

Die Worte des Alten hatten das Interesse der beiden Kinder an dem Schiff noch weiter verstärkt.

"Ein Fischkutter, der nicht fischt und nur nachts im Wattenmeer rumfährt, eine Besatzung, die mit niemandem redet, ein schwarzer Anstrich, der das Schiff bei Dunkelheit praktisch unsichtbar macht. Bjarne, das stinkt zum Himmel!", verkündete Lena.

"Das findet ich auch." Ihr Bruder nickte zustimmend.

Die beiden betraten entschlossen den Steg und bemerkten sofort, wie rutschig es darauf war. Um sich zu stützen, hielten sie sich bei den Händen und balancierten den hölzernen Anleger entlang. Der stärker werdende Regen hatte nicht nur die ganze Umgebung in ein undurchdringliches Grau getaucht, sondern das Holz so durchnässt, dass man darauf ging wie auf Schmierseife.

Es waren knapp hundert Meter auf dem wankenden Steg zurückzulegen, und als die beiden Detektive gerade die Hälfte des Weges geschafft hatten, schüttelte schlagartig eine besonders starke Windböe die wenigen Boote, die noch im Wasser lagen. Es war, als wolle der Wind sie einfach umwerfen. Die Boote rissen heftig an ihren Festmacherleinen, und der Steg wurde mit einem kräftigen Ruck zur Seite versetzt.

Die Kinder wurden von diesem Stoß dermaßen überrascht, dass sie fast den Boden unter den Füßen verloren. Sie vollführten eine heftige Drehung und drohten, ins Wasser zu fallen. Im letzten Moment gelang es ihnen, wieder ins Gleichgewicht zu kommen.

“Uff, das war knapp!”, grinste Lena gequält.

Bestimmt wäre jetzt ein guter Moment gewesen um umzukehren. Trotzdem tappten die Kinder Meter für Meter voran, bis sie endlich vor “Abraxas” standen.

Nein, das war wirklich kein Fischkutter. Das ganze Achterdeck des Kutters war mit einer riesigen schwarzen Plane abgedeckt, die jeden Blick auf das was sich darunter befand verbarg. Durch die verspiegelten Scheiben war kein Blick in den Steuerstand möglich. Zudem war das Dach mit einer Vielzahl von Antennen gespickt. Auch das war ungewöhnlich für einen Fischkutter.

“Was machen die bloß mit diesem Schiff?”, überlegte Bjarne.

“Sehen wir doch nach und gucken mal unter die schwarze Plane!”, schlug Lena mutig vor.

Der sich immer weiter steigernde Wind hatte ständig an der Plane herumgezerrt, so dass diese sich an einer Stelle ein wenig gelockert hatte.

Das müsste reichen, um darunter hindurchzukriechen und einen Blick zu riskieren. Um sicher zu sein, dass sich niemand an Bord befand, beugte sich Lena vor und klopfte an die verspiegelten Scheiben.

“Hallo, ist da jemand?” Sie versuchte es mehrfach, aber es kam keine Antwort.

“Dann los!”, sagte sie und schwang sich kurzentschlossen über die Reling. Bjarne folgte

mit einem eleganten Sprung, und schon waren sie unter der schwarzen Plane verschwunden.
Sie brauchten eine ganze Zeit, um überhaupt etwas zu sehen. Nur wenig Dämmerlicht fiel durch die Ränder der Plane hinein.
“Zu blöd, hätten wir doch Taschenlampen eingesteckt!”, fluchte Bjarne. Aber es half alles nichts, sie mussten das Beste aus dieser Situation machen. Während der Wind ununterbrochen an der Plane rüttelte, die dadurch ein knatterndes Geräusch von sich gab, tat der stärker werdende Regen sein übriges. Er trommelte und platschte dermaßen an Deck, dass alle anderen Geräusche davon übertönt wurden.

Die Kinder erkannten allmählich, was sich da unter der Plane verbarg. Sie stießen auf große Pumpen, Gerätekisten, Unmengen von Werkzeugen, Schaufeln und Eimern sowie starke Scheinwerfer, die auf Stative geschraubt waren. In einer Ecke lag ein Taucheranzug mit einem kugelrunden Helm. In der anderen Ecke stapelten sich Zeltstangen und Planen. Dann standen da noch Rollen mit unendlich langen, wasserfesten Stromkabeln.

Gerade als sie beschlossen, den Kutter wieder zu verlassen, stießen sie auf eine Lüftungsluke am Boden, die sie anfänglich übersehen hatten. Vorsichtig öffneten sie die Verriegelung und hoben die Luke langsam hoch. Nun konnten sie in den Maschinenraum des Kutters gucken, aber viel war in dem Dämmerlicht nicht zu erkennen. Lena und Bjarne berieten sich kurz und beschlossen, kein weiteres Wagnis mehr einzugehen. Warum sollten sie in diesen dunklen Raum steigen, wenn sie dort eh nichts sehen konnten?
Sie wollten gerade die Luke wieder schließen, da flammte die Maschinenraumbeleuchtung auf. Die beiden Kinder erschraken. Da war jemand unbemerkt von ihnen an Bord gekommen. Sie ärgerten sich über ihre eigene Unvorsichtigkeit. Durch den lauten Wind, die flatternde Plane und den prasselnden Regen hatten sie nicht bemerkt, dass jemand an Bord des Kutters gekommen war. Hätte doch bloß einer von ihnen

den Steg im Auge behalten, damit sie nicht überrascht werden konnten! Doch für diese Einsicht war es nun zu spät.
Bevor sie die Luke leise schlossen, konnten sie noch erkennen, dass vom Bug des Kutters aus jemand in den Maschinenraum stieg. Und noch etwas hatten sie gesehen: Neben der Schiffsmaschine, einem großen Dieselmotor, stand eine zweite Maschine, bei der es sich um einen Stromgenerator handeln musste. An der Seite befanden sich mehrere Steckdosen.
So schnell sie konnten, krochen die Kinder in eine besonders dunkle Ecke der Plane, hockten sich eng aneinander auf den Boden und verhielten sich mucksmäuschenstill. Angestrengt horchten sie, ob außer dem Mann im Maschinenraum noch weitere Personen an Bord waren.

Das Erste, was sie wahrnahmen, war ein lautes Poltern im Maschinenraum. Dann folgte das jaulende Geräusch eines Anlassers, und der Motor des Kutters begann, unregelmäßig vor sich her zu grummeln.

Im selben Moment sahen sie eine grobe Männerhand, die unter die Plane griff und die Verspannung löste. Ein Stück der Plane war dadurch bereits hochgeklappt, und sofort drang ein wenig mehr Licht zu ihnen durch.
Den Kindern gefror fast das Blut in den Adern. Wenn die Plane ganz hochgeklappt würde, würden sie entdeckt werden. Wie sollten sie bloß ihre Anwesenheit auf dem Schiff erklären?
In diesem Moment hörten sie ein raue Stimme rufen: "Du Trottel, lass die Plane unten! Ich hab dir schon tausendmal gesagt: Erst öffnen, wenn wir den Hafen verlassen haben. Es gibt immer neugierige Gaffer. Und die können wir wirklich nicht gebrauchen."
Die behaarte Hand zog sich zurück und ein lautes Fluchen war zu hören.
"Halt doch die Klappe, du Schlaumeier!" Dann hörten sie stampfende Schritte, die sich in Richtung Bug entfernten.

"Drei!", flüsterte Lena Bjarne ins Ohr. "Was - drei?" Bjarne hatte nicht verstanden, was Lena ihm sagen wollte.

“Na, mindestens drei Männer sind an Bord”, flüsterte Lena. “Einer ist im Maschinenraum, der andere wollte gerade die Plane lösen, und einer hat ihn angeblafft, das zu unterlassen.”
“Ja,“, stimmte Bjarne seiner großen Schwester zu, “das macht drei!”
Die Maschine war mittlerweile warmgelaufen und brummte nun gleichmäßiger vor sich hin. Dann kam von der Kommandobrücke der Ruf: “Leinen vorne los!” Die Kinder konnten hören, wie einer der Männer mit schweren Schritten zum Bug ging.
Lena sah Bjarne entsetzt an. “Wir müssen unbedingt hier runter. Spätestens auf dem Meer werden sie die Plane hochnehmen und uns entdecken. Wer weiß, was die dann mit uns machen?” Sie wollte sich lieber nicht ausdenken, was alles passieren konnte.

Lena kroch entschlossen nach vorne, steckte den Kopf ein kleines Stück aus der Plane heraus und blickte sich um. Es war mittlerweile dunkel geworden. Im Licht der wenigen Lampen, die im Wind hin und her schaukelten und ein flackerndes Licht verbreiteten, konnte sie am Bug des Schiffes einen Mann erkennen, der sich an der Vorderleine zu schaffen machte. Er trug schwere Seestiefel, einen Seemannspullover und darüber eine dunkle Öljacke. Weitere Menschen waren nicht zu sehen.

Sie erinnerte sich, was sie im Segelunterricht gelernt hatte:

Als nächstes musste die Heckleine gelöst werden. Dann würde der Wind das Schiff schnell vom Steg wegtreiben. Wenn das geschah, waren sie gefangen.

Lena sah die letzte Chance, noch von Bord zu kommen.

"Pass auf, Bjarne! In dem Moment, wenn der Mann die Heckleine löst, gebe ich dir ein Zeichen. Dann rennen wir beide los, springen von Bord und dann nichts wie weg, verstanden?"

Bjarne begriff, dass es nun um alles oder nichts ging. Schon hörten sie den Ruf: "Heckleine los!"

Das Boot hatte sich, wie von Lena erwartet, vorne bereits weggedreht, schaukelte im Wind und lag nur noch mit dem Heck am Steg. Unter der schon leicht geöffneten Plane sahen sie den

Matrosen an sich vorbei zum Heck gehen. Dann kam sein Ruf “Achterleine ist los!”
Das ruhige Grummeln der Dieselmaschine wurde mit einem Schlag lauter und Lena stieß Bjarne in die Rippen. „Jetzt!“, rief sie laut und sprang auf. Schon war sie unter der Plane hindurch, zog Bjarne hinter sich her und wollte von Bord springen, als eine Männerhand sie von hinten packte. Der Matrose hielt ihre Kapuze fest und wollte Lena gerade zurückreißen, als sich der Griff wieder löste.
Der Matrose hatte zwar Lena gesehen, nicht aber Bjarne. Das wurde ihm nun zum Verhängnis. Bjarne warf sich mit vollem Schwung gegen die Beine des Mannes. Dieser kurze Stoß reichte, um den Matrosen auf dem schmierigen Deck für einen Augenblick ins Straucheln zu bringen.

Mittlerweile hatte der Kutter sich schon ein Stück vom Anleger entfernt, trotzdem blieb den Kindern keine Wahl. Sie sprangen mit dem Mut der Verzweiflung los. Dabei war ihnen völlig egal, was passierte. Bloß runter von dem Schiff! Lena

landete zuerst auf dem Steg, drehte sich sofort um und konnte Bjarne im letzten Moment ergreifen und zu sich herüberziehen, obwohl der Abstand zwischen dem Kutter und dem Anleger schon einen Meter betrug und sich von Sekunde zu Sekunde vergrößerte. Der Matrose hatte sich mittlerweile wieder aufgerappelt. Er stürzte zum Steuerhaus und rief dem Kapitän etwas zu. Der reagierte sofort und legte den Rückwärtsgang ein. Die Schiffsschraube schlug wild durch das schäumende Wasser.
Langsam schob sich die "Abraxas" wieder zurück. Der Matrose sprang auf den Anleger und nahm sofort die Verfolgung der Kinder auf. Die hatten zwar einen kleinen Vorsprung gewonnen, kamen aber auf dem glatten Steg nicht so schnell voran, wie ihnen lieb gewesen wäre.

Der vor Wut schnaubende Matrose kam Meter für Meter dichter heran. Fast hatten es die Kinder geschafft. Sie mussten nur noch am Ende des Stegs um einen scharfen Knick herum, um dann über die Gangway auf die Kaje zu gelangen, da passierte es: Bjarne war zu schnell gelaufen. Er schaffte die Kurve nicht mehr, versuchte noch zu bremsen und rutschte doch unaufhaltsam weiter, bis er mit einem lauten "Platsch!" ins kalte Wasser fiel und unterging.

Lena bekam einen Riesenschreck. Der Matrose war keine zwanzig Meter mehr entfernt, obwohl auch er immer größere Schwierigkeiten bekam, sich auf den Beinen zu halten.

Lena bückte sich und sah unter sich Bjarne, der in diesem Moment laut schniefend wieder auftauchte. "Schnell, deine Hand!", rief sie. Bjarne griff nach oben und Lena zog mit aller Kraft. Sie hätte es fast nicht geschafft, aber zum Glück bekam Bjarne einen alten Fender zu packen, an dem er sich hochziehen konnte.

Als er triefend nass auf dem Steg stand, konnte er schon das Schnaufen des Matrosen hören. Die Kinder setzten ihre Flucht fort und stürmten gerade die Gangway hinauf, als sie hinter sich ein dumpfes Poltern vernahmen. Sie drehten sich um und konnten gerade noch sehen, wie ihr Verfolger genau wie Bjarne in einem hohem

Bogen in das Wasser klatschte. Sie konnten sich ein Lachen nicht verkneifen.

Der Matrose war ebenfalls zu schnell gelaufen und an derselben Stelle wie Bjarne ausgerutscht. Er paddelte wild herum und versuchte immer wieder, auf den rutschigen Steg zu gelangen. Nur hatte er keine große Schwester, die ihm half!

Der schwarze Kutter kam langsam heran und ein weiterer Matrose sprang herunter, um seinen Kumpanen aus dem Wasser zu ziehen.

“Du Depp!”, schrie er ihn an. “Bist zu blöde, um zwei kleine Kinder einzufangen!”

Die Geschwister liefen so schnell sie konnten weiter in Richtung Hotel. Das Lachen war zumindest Bjarne inzwischen vergangen. Seine Zähne klapperten wie wild aufeinander und die Lippen wurden langsam blau.

Der Regen, der ihm ins Gesicht schlug, kam im dabei noch wärmer vor, als zuvor das Meerwasser.

Raus mit der Wahrheit

Lena machte sich schon Gedanken, wie sie das alles ihren Eltern erklären sollten. Sie hatten fest versprochen, vor Einbruch der Dunkelheit im Hotel zu sein. Davon konnte ja nun keine Rede mehr sein. Es war stockfinster und der Bruder halb erfroren und klatschnass.

Als sie ihre Ferienwohnung betraten, sprang Mama auf. Sie war alleine mit Niels im Zimmer und sah beunruhigt aus.
“Endlich seid ihr da. Könnt ihr euch vorstellen, welche Sorgen wir uns gemacht haben? Papa ist schon seit einer halben Stunde im Ort unterwegs, um euch zu suchen.“
Niels sah seine Geschwister strahlend an und schien sich zu freuen, dass endlich wieder jemand Zeit finden würde, um mit ihm zu spielen. Er ging auf Bjarne zu, nahm ihn an der Hand und wollte ihn auf den Boden ziehen, um mit den Playmobil-Autos zu spielen.

Er ließ ihn aber sofort wieder los, drehte sich zu Mama um und sagte mit großen Augen und in ernstem Ton: “Bjarne hat badet. Is ganz nass.”

Mama hatte vor Aufregung gar nicht bemerkt, dass sich unter Bjarne schon ein nasser Fleck auf dem Boden ausbreitete. Zwar war auch Lena im Regen nass geworden, aber Bjarne hatte keinen trockenen Fetzen mehr am Körper, und das Wasser lief ihm förmlich aus den Schuhen heraus.

“Das müsst ihr mir jetzt erklären,” sagte Mama und setzte sich fassungslos in den Sessel. “Das darf doch alles nicht wahr sein!” Lena wollte mit ihrer Beichte beginnen, wurde aber gleich wieder von Mama unterbrochen.

“Ach, lass es sein! Ich will das jetzt gar nicht hören. Ruf lieber Papa auf dem Handy an und sag ihm, dass er zurückkommen soll. Der ist mittlerweile bestimmt auch schon klatschnass.”

Mama zog Bjarne die nassen Klamotten vom Leib und brachte ihn in die Dusche. Bjarne stellte die Temperatur so warm, wie er es gerade aushalten konnte und genoss die Wärme und

das Gefühl, endlich wieder in Sicherheit zu sein. Gerade als er mit dem Duschen fertig war und in seinem Bademantel aus dem Bad kam, ging die Zimmertür auf und ein durchnässter, ziemlich übellauniger Papa trat ein. So hatten sie ihn selten erlebt. Er blickte die beiden Großen mit strengem Blick an und wollte gerade loslegen, eine kräftige Standpauke abzuhalten, da plapperte Niels wieder dazwischen: "Bjarne hat badet!"
"Das sehe ich," raunzte Papa kurz,"er kommt ja aus der Dusche."
"Ich glaube nicht, dass Niels die Dusche meint!", wandte Mama ein. Lena mochte Papa kaum in die Augen sehen, und Bjarne zog sich vorsorglich einen Schritt zurück, um hinter seiner großen Schwester in Deckung zu gehen.

"Ich will jetzt nur eines wissen: WAS WAR LOS?", sprach Papa mit fester Stimme, zog sich derweil die nasse Jacke aus, streifte die Schuhe ab und setzte sich erwartungsvoll auf die Bettkante.

Lena begann, die ganze Geschichte zu erzählen. Sie berichtete von den Lichtern im Watt, erzählte von ihren Messungen auf der Seekarte und endete mit der Verfolgungsjagd auf dem Bootssteg. Als Lena fertig war und den Kopf senkte, um das fällige Donnerwetter über sich ergehen zu lassen, ging es auch schon los.
Papa sprach eindringlich von Vertrauen und dass man sich darauf verlassen müsse, dass Absprachen eingehalten werden. Er sagte, dass sie sich in große Gefahr begeben hätten und sprach von den Sorgen, die Mama und er sich gemacht hätten. Er sei schon auf dem Weg zur Polizeistation gewesen, um eine Suchaktion einzuleiten.

Danach herrschte einige Minuten tiefes Schweigen. Papa wollte nichts mehr sagen, und die beiden Großen trauten sich nicht, auch nur einen Mucks von sich zu geben. Mama hielt Niels auf dem Arm, musterte Lena und Bjarne kritisch und sagte dann, um die Situation etwas zu entspannen: “Schlimm, schlimm, das Ganze. Aber Hauptsache, ihr seid wieder gesund

zurück.” Dann stellte sie Niels auf den Boden und nahm Lena und Bjarne fest in den Arm. Niels drängte sich dazwischen und plapperte unbekümmert: “Niels ist immer dabei!”
Das gab dann den ersten Lacher des Abends, und die schlechte Stimmung löste sich zusehends.

Als die Familie später gemeinsam beim Abendbrot saß, versuchte Lena, noch einmal das Thema “Abraxas” anzusprechen, aber Papa winkte nur ab: “Ne, lass mal. Mein Bedarf ist für heute gedeckt. Wir können morgen darüber reden.”

Am nächsten Morgen war es dann Papa, der das Thema nach dem Frühstück wieder aufgriff. Die Kinder mussten ihre Geschichte noch einmal in allen Einzelheiten erzählen.
Als Lena die Besatzung der “Abraxas” als geheimnisvolle Typen darstellte, die bestimmt etwas Böses im Schilde führten, winkte Papa ab. “Ich glaube, jetzt übertreibst du aber. Ich habe keine Ahnung, was mit diesem Schiff gemacht

wird und es ist mir eigentlich auch egal. Aber dass die Besatzung ziemlich böse reagiert, wenn fremde Kinder an Bord rumschleichen, kann ich gut verstehen. Vielleicht wollten sie euch nur fangen, um euch der Polizei zu übergeben. Und überhaupt, was gäbe es schon besonderes im Wattenmeer zu entdecken?”

“Vielleicht einen Schatz?” Bjarne sah Papa fragend an. Selbst Lena war verblüfft. Denn sie hatte sich bisher noch keine Gedanken darüber gemacht, was sich hinter dem Rätsel “Abraxas” verbergen könnte.

“Welcher Schatz sollte das wohl sein?”, fragte Papa zweifelnd.

“Das hat doch Jan Fokken erzählt!”, ereiferte sich Bjarne. “Im Jahre 1588 soll hier ein Schiff mit einem Goldschatz gestrandet sein. Schiff und Schatz sind seitdem im Wattenmeer verschwunden.“

Lena hatte interessiert zugehört und war schnell überzeugt.

“Das passt zusammen, das passt doch perfekt!”, jubelte sie. “Die ‘Abraxas’ fährt nachts raus in das Wattenmeer und buddelt dort bei Ebbe nach dem Schatz. Damit man das Schiff nicht erkennen kann, ist es ganz schwarz angestrichen."

Bjarne nickte eifrig, aber Papa blieb skeptisch.

"Dr. Fokken hat aber auch gesagt, dass es sich um eine Sage handelt und niemand weiß, ob das alles überhaupt stimmt. Außerdem: Warum sollten die Leute nur bei Nacht buddeln, am Tage ist das doch viel einfacher!"

Dann stutze er, überlegte einen Moment und gab sich selbst die Antwort:

"Allerdings habe ich mal gelesen, dass man einen selbstgefunden Schatz nicht immer behalten darf. Der gehört eigentlich dem Staat! Aber das lässt sich ja leicht feststellen."

Er nahm sein iPhone in die Hand und gab ein: "Schatzfund Niedersachsen".

Und da stand es schwarz auf weiß: Wer in Niedersachsen einen Schatz findet, der darf ihn grundsätzlich behalten. Das gilt aber nicht, wenn der Fund von besonderer geschichtlicher

Bedeutung ist. Dann kommt er in ein Museum und der Finder erhält nur eine Belohnung.

“Zugegeben“, murmelte Papa vor sich hin, “ein über 400 Jahre alter Schatz ist schon etwas Besonderes und würde bestimmt im Museum landen. Die Belohnung beträgt dann wohl nur ein Bruchteil vom echten Wert.”

Papa wurde nachdenklich. Vielleicht war das, was die Kinder da beobachtet hatten, wirklich eine heimliche Schatzsuche. Aber er war sich auch nicht sicher. Nach kurzer Überlegung machte er einen Vorschlag:

“Wir gehen heute Abend zum ‘Utkieker’ und beobachten das Watt. Wenn das Licht wieder zu sehen ist, dann glaube ich euch.”

Während die Familie am Vormittag einen Ortsbummel machte, hatte sich der Wind weiter zu einem handfesten Nordweststurm entwickelt. Obwohl die Wolken in tiefem Schwarzgrau über das Land jagten, fiel kaum Regen.

Aber es war einfach zu ungemütlich, und deshalb beschloss man nach einem kurzen Spaziergang, den Rest des Tages im Wellnessbereich des Hotels zu verbringen. Dort gab es ein Schwimmbecken, das so groß war, dass die Kinder toben und mit dem Wasserball spielen konnten, ohne andere Gäste zu belästigen.

Nachtwanderung

Der Tag verging so schnell wie die Wolken über das Land jagten, und gleich nach dem Abendessen begannen Lena und Bjarne zu quengeln. Mama hatte Niels seine "Gute-Nacht-Geschichte" vorgelesen und war prompt gemeinsam mit dem Kleinen eingeschlafen.
"Wir wollen doch zum 'Utkieker', Papa. Du hast es versprochen!"

Sie zogen sich ihre wärmsten Jacken an, wickelten sich dicke Schals um den Hals und zogen sich Wollmützen tief ins Gesicht. Dazu hatte jeder eine Taschenlampe eingesteckt, und Papa nahm ein Fernglas, das er sich um den Hals hängte, um es jederzeit griffbereit zu haben.
So schlichen sie sich leise aus dem Zimmer und stapften eng beieinander durch den menschenleeren Ort.
Der Sturm heulte laut und riss die letzten Stühle um, die der Inhaber der Teestube

vergessen hatte, in Sicherheit zu bringen. Die großen Bäume sahen aus, als duckten sie sich vor den Angriffen des Sturmes, doch es nützte ihnen nichts. Mit jeder Böe verloren sie mehr von ihren letzten Blättern und immer häufiger ächzten und stöhnten sie, als würde der Wind ihnen Schmerzen bereiten.

Die drei Nachtwanderer ließen sich davon nicht beeindrucken. Sie verließen den Ort und bogen auf den Strandweg ein. Als die letzten Lichter der Häuser außer Sicht kamen, umgab sie eine beängstigende Dunkelheit. Selbst Papa musste eingestehen, dass er so etwas noch nie erlebt hatte.

Die Kinder rückten immer dichter an ihn heran, während sie mit ihren Taschenlampen den schmalen Weg ausleuchteten. Es war ein eigenartiges Gefühl. Wenn die Augen dem Strahl der Lampen folgten, war alles gut. Drehte man sich aber um und sah zur Seite oder nach hinten in die undurchdringliche Schwärze, so wurde einem angst und bange.

Manchmal hatten sie den Eindruck, dass sich direkt hinter oder neben ihnen schwarze

Gestalten bewegten, die sie mit ihren von der Lampe geblendeten Augen nur nicht sehen konnten, und irgendwie hatten alle ständig das beunruhigende Gefühl, als würde jemand sie gleich von hinten anspringen.
Als sie den ersten Dünenkamm erreichten, schwoll das Rauschen des Sturmes zu einem Heulen an und der Wind schlug ihnen so rau entgegen, dass die Augen sofort zu tränen begannen. Nun konnten sie fast gar nichts mehr sehen. Papa überlegte schon, ob es eine gute Idee gewesen war, bei diesem Sturm mit den Kindern in den Dünen herumzulaufen, als Bjarne laut "Vorsicht!" kreischte und Lena zurückriss. Im letzten Moment hatte er aus dem Augenwinkel heraus einen großen Kiefernast auf sie zufliegen sehen. Der Ast krachte direkt vor ihnen auf den Boden, überschlug sich im Lichtkegel der Taschenlampe einmal und war schon wieder verschwunden.
Wäre der Ast nur etwas dichter vor ihnen aufgeschlagen, so hätte er Lena im Gesicht getroffen.

Papa blieb erschrocken stehen. Das war ziemlich knapp gewesen. Es war zweifellos ein Risiko weiterzugehen. Aber die Kinder ließen ihm keine Wahl. Obwohl auch ihnen der Schock noch im Nacken saß, wollten die beiden unbedingt weitermarschieren.

“Es können doch nur noch wenige Meter bis zur Abzweigung auf die Aussichtsdüne sein!”, flehte Bjarne. “Es wäre schön dumm, jetzt umzukehren, wo wir doch schon fast am Ziel sind!”, schob Lena nach.

Papa ließ sich erweichen. Wenn sie dieses Risiko schon auf sich genommen hatten, so sollte es doch nicht umsonst gewesen sein. Und oben auf der Düne waren sie einigermaßen sicher. So hoch konnten keine Äste fliegen. Er gab sich einen Ruck, zog die Kinder wieder dicht zu sich heran und stapfte mit ihnen weiter. Die beiden hatten Recht gehabt. Der Aufstieg zur großen Düne lag direkt vor ihnen und nach kurzer Zeit erfassten die Lichtkegel ihrer Taschenlampen den „Utkieker”.

Im Licht der Lampe sah die dürre, riesige Gestalt wie ein Gespenst aus. Die Hände waren über dem Kopf gefaltet, als sollten sie ihm trotz der Dunkelheit Schatten geben. So trotzte der "Utkieker" Wind und Wetter und starrte unentwegt auf das schwarze Watt hinaus als wolle er ergründen, was sich dort Geheimnisvolles tat.

Hier auf dem höchsten Punkt der Düne fiel es den drei Nachtwanderern schwer, sich auf den Beinen zu halten. Der Sturm zerrte so heftig an ihnen, dass es kaum gelang, das Fernglas ruhig zu halten. So entschlossen sie sich, erst einmal auf das Fernglas zu verzichten und es erst dann einzusetzen, wenn das geheimnisvolle Licht wieder aufflackerte.
Ja, wenn es aufflackerte! Es verging allerdings Stunde um Stunde, ohne dass es etwas Auffälliges zu beobachten gegeben hätte. Um sich vor dem Sturm ein wenig zu schützen, hockten sie sich dicht nebeneinander auf den Boden und pressten sich mit dem Rücken an den Betonsockel der Statue.

Trotzdem schlich sich allmählich die Kälte in ihre Körper und Bjarne, unbestritten der Dünnste von allen, begann schon zu zittern.
Als es auf Mitternacht zuging, traf Papa eine Entscheidung:
"Wir bleiben noch 10 Minuten, dann brechen wir ab und vergessen die ganze Sache. Denn wenn wir noch länger hier im Sturm auskühlen, ist der Urlaub zu Ende. Dann liegen wir nämlich morgen alle mit einer deftigen Erkältung im Bett!"

Die Kinder protestierten nicht einmal, denn das ständige Heulen des Windes hatte sie langsam mürbe gemacht und auch Lena begann zu frieren. Als die Minuten verstrichen waren, erhob Papa sich und rief gegen den Sturm an: "So, auf geht's! Wir marschieren nach Hause! Vergessen wir die Angelegenheit und gehen ins Bett."
Bjarne und Lena standen auf und drehten sich wie zum Abschied noch einmal in Richtung Watt. "Da ist es, wir haben das Licht gesehen!"

schrien sie laut in den Sturm. Papa blieb stehen und guckte genervt.

“Ehrenwort!“, rief Lena. “Wir haben es wirklich gesehen! Es war an derselben Stelle wie beim letzten Mal.”

Missmutig drehte Papa um und stapfte die Stufen wieder hinauf, um gemeinsam mit den Kindern schweigend in die Dunkelheit zu starren. Dann, kaum eine Minute später, passierte es tatsächlich noch einmal. Ganz kurz flackerte ein gleißend helles Licht auf. Lena und Bjarne jubelten, Papa schwieg.

Er musste sich eingestehen, dass da tatsächlich etwas ganz Merkwürdiges im Watt vor sich gehen musste. Das war kein Schiffslicht, das war auch keine Taschenlampe. Dafür war diese Lichterscheinung viel zu grell.

“Es muss uns gelingen, das Licht einmal mit dem Fernglas anzuvisieren”, rief Papa in den Wind, “aber wo genau muss ich hingucken? Wenn ich jetzt in das Watt schaue, kann ich keinen Anhaltspunkt finden.”

“Ich weiß, wohin du gucken musst”, antwortete Bjarne. Er war ein besonders aufmerksamer Beobachter. “Ich hab es genau gesehen. Da unten vor dem Deich steht ein Haus, in dem die Fenster beleuchtet sind. Seht ihr es? Direkt oberhalb des Hauses leuchtete das Licht im Watt auf.”

Papa nahm das Fernglas an die Augen, suchte die Lichter des Hauses am Deich und blickte dann ein Stück höher in das Watt.

So verharrte er und versuchte, dem Sturm zu trotzen, der ständig an seiner Hand herumzerrte als wolle er verhindern, dass jemand das Rätsel des Lichtes im Watt lösen könne.

“Da ist es wieder!” Alle drei schrien es gleichzeitig heraus. Papa war es tatsächlich gelungen, das Fernglas genau auf die richtige Stelle zu richten. Für einen Augenblick war das Licht deutlich zu erkennen, dann verlosch es so plötzlich, wie es aufgeflammt war.

“Das reicht, ich hab genug gesehen!”, sagte Papa und nahm das Glas von den Augen.

“Und???” Die Kinder blickten ihn erwartungsvoll an. “Lasst uns jetzt erst einmal zurückgehen.

Ich hab keine Lust, ständig gegen den Sturm anzubrüllen!", rief Papa und ging mit großen Schritten voran.
Die Kinder waren wieder hellwach und trotz der Kälte froren sie nicht mehr. Dazu waren sie viel zu aufgeregt.
Obwohl der Rückweg durch die nächtlichen Dünen nicht weniger unheimlich war als der Hinweg, hatten die Kinder gar keine Zeit, Angst zu haben. Sie starrten unentwegt in den Lichtkegel ihrer Taschenlampen und mühten sich, Papas Marschgeschwindigkeit zu halten.
Als sie das Hotel erreichten, war es schon fast ein Uhr. Nirgendwo im Hause brannte noch Licht. Sie zogen leise ihre Jacken aus und Papa führte die Kinder in die kleine Teeküche am Ende des Flures. Dort gab es Geschirr, sowie Kaffee und Tee, damit die Gäste sich bei Bedarf selbst bedienen konnten.
Lena und Bjarne setzten sich an den Tisch und Papa schaltete den Wasserkocher ein. Dann stellte er schweigend drei große Friesenbecher auf den Tisch, hängte in jeden einen Beutel Früchtetee und goss kochendes Wasser auf.

Nun kam noch in jeden Becher ein nicht zu großer Löffel Zucker. Papa schob den Kindern ihre Becher zu. Danach lehnte er sich zurück, nahm seinen eigenen Becher in die Hand, rührte geistesabwesend um und berichtete:

“Was ich gesehen habe ist in der Tat höchst merkwürdig. Es war zwar nur ein Augenblick, aber doch genau zu erkennen. Das Licht stammt von Scheinwerfern, die mitten im Watt aufgestellt sind. Dort muss sich so etwas wie eine Baustelle befinden. Über diese Baustelle ist ein großes Zelt aufgebaut, damit kein Licht nach außen dringen kann. Der grelle Schein war nur einen kurzen Moment zu sehen, weil ein Mann so unvorsichtig war, die Plane über dem Zelteingang zu öffnen. Der Typ ist dann im Watt verschwunden. Dort konnte ich ihn nicht mehr weiter beobachten.”
Die Kinder dachten nach. “Das beweist doch, dass wir Recht haben”, sagte Lena stolz. “Wenn diese Baustelle, oder was immer das dort ist, legal wäre, müsste man sich doch nicht die Arbeit machen, sie so aufwändig zu verstecken.”

Papa nickte. Die ganze Angelegenheit stank wirklich zum Himmel.
“Wie geht es nun weiter?” Er sah die Kinder etwas ratlos an.
“Auf jeden Fall sollten wir morgen früh auf den Deich gehen und mit dem Fernglas nachschauen, ob es an dieser Stelle etwas zu entdecken gibt.”
“Oder noch besser, wir gehen mal in das Watt hinaus und gucken genauer nach”, schlug Bjarne vor.
“Gucken ja, ins Watt gehen nein!”, sagt Papa energisch. “Ich kenne mich dort nicht aus, das Risiko ist mir zu groß.”
Damit war die Debatte fürs Erste beendet. Sie gingen über den Flur zu ihrem Zimmer und mit einem leisen “Psssst!” schloss Papa die Tür auf. Dann schlichen sie geräuschlos ins Badezimmer, putzten sich die Zähne und krochen leise in ihre Betten. Papa hatte gehofft, dass Mama fest schlafen und die späte Rückkehr der Abenteurer nicht bemerken würde, aber sein Wunsch ging nicht in Erfüllung.

Gerade wollte er sich die Decke über den Kopf ziehen, da ging bei Mama die Nachttischlampe an. Sie sah auf die Uhr, drehte sich zu Papa, blickte ihn vorwurfsvoll an und schüttelte den Kopf.
“Wenigstens habt ihr Niels nicht aufgeweckt.“
Dann löschte sie das Licht und zog sich die Decke über den Kopf.

Am nächsten Morgen hatten die Nachtwanderer das Pech, nicht wirklich ausschlafen zu können. Niels war wie immer frühmorgens in Topform und trottete schon um acht Uhr von einem zum anderen, um einen Spielpartner zu finden. Ende der Nachtruhe!!

Ein Verbündeter muss her

Lena und Bjarne hatten viel zu wenig Schlaf bekommen und waren entsprechend schlecht gelaunt. Mama ließ das allerdings nicht gelten: "Aufstehen, fertig machen! Wir wollen frühstücken!"

Als die Kinder protestierten, bekamen sie die Antwort. "Wer die halbe Nacht auf der Insel herumlaufen kann, der kann auch morgens aufstehen." Sie warf Papa einen Blick zu, der keinen Zweifel daran ließ, wer ihrer Meinung nach die Verantwortung für den mangelnden Schlaf der Kinder hatte. Papa sagte lieber nichts, sondern sorgte dafür, dass die beiden Großen nicht allzu sehr trödelten.

Beim Frühstück erfuhr Mama dann das Ergebnis der nächtlichen Dünenwanderung. Natürlich wurden nicht alle Details beschrieben. So fiel kein Wort darüber, dass Lena fast von einem großen Kiefernast getroffen worden wäre und wie sehr sie gefroren hatten.

Später machte Papa scheinheilig den Vorschlag, ob man nicht unten am Watt einen kleinen Spaziergang im Windschatten des Deiches machen solle. Mama fand die Idee gut, weil die Kinder auf diese Weise nicht zu sehr dem Wind ausgesetzt waren. Lena und Bjarne blinzelten sich zu. Das hatte Papa ja geschickt hinbekommen. So konnten sie unauffällig einen Blick auf die geheimnisvolle Baustelle werfen.
Die Familie zog gemeinsam Richtung Hafen, bog dann links ab und zuckelte langsam am Deich entlang. Nach einer guten halben Stunde gelangten sie an die Stelle, wo der Deich endete und von Dünen abgelöst wurde.
Da ohnehin Zeit für eine Pause war, setzten sie sich gemeinsam auf eine Bank und begannen, den mitgeführten Proviant zu verzehren. Sogar die Sonne zeigte sich gelegentlich und tauchte die Insel in ein warmes Licht.
Während Mama die Ruhe genoss und Niels genüsslich an einem Butterkeks herumlutschte, ging Papa mit Lena und Bjarne auf den Deich und blickte auf die Häuser. In einem davon war

gestern Nacht das Fenster beleuchtet gewesen. An diesem Licht hatten sie sich orientiert.

Sie schätzten ab, in welcher Richtung sich ungefähr die Aussichtsdüne mit dem "Utkieker" befand und drehten sich in Richtung Watt. Nun begann Papa, das Watt mit dem Fernglas gründlich abzusuchen.

Nach langen Minuten setzte er das Glas ab und seufzte resigniert: "Da kann ich gucken, bis mir die Augen aus dem Kopf fallen. Da steht nirgendwo ein Zelt. Es ist nichts Auffälliges zu sehen."

Lena und Bjarne versuchten es ebenfalls, kamen aber zu dem gleichen Ergebnis.

"Das kann nur bedeuten", überlegte Lena, "dass die Spuren der Nachtarbeit mit Beginn der Morgendämmerung beseitigt werden."

"Genau!", schloss sich Bjarne der Meinung an. "Und darum hat auch "Abraxas" etwas damit zu tun. Der Hafenmeister hat doch gesagt, dass der Kutter immer zur Nacht ausläuft und am Morgen zurückkehrt."

"Als wäre nichts gewesen", ergänzte Papa und nickte.

“Ich sag ja”, wiederholte Bjarne seine Forderung aus der vergangenen Nacht, “wir müssen selbst ins Watt gehen und nachschauen, was dort passiert.”
Papa gab ihm Recht, blieb aber bei seiner Einschätzung, nicht alleine in das ihm fremde Watt zu gehen.
“Wir brauchen Hilfe, das ist doch klar!”, sagte Papa. “Nur, wer könnte uns helfen? Zur Polizei können wir jedenfalls nicht gehen. Schließlich haben wir immer noch keine Ahnung, was dort im Watt passiert. Die lachen uns doch aus!”

“Dr. Jan Fokken!”, riefen Lena und Bjarne gleichzeitig aus. Sie hatten den selben Gedanken gehabt.
Papa nickte: “Das ist eine gute Idee! Der kennt sich hier aus und kann uns bestimmt weiterhelfen.” So beschlossen sie, ihn noch am selben Abend zu besuchen.
Als sie am Hafen den Deich wieder verließen, um in den Ort abzubiegen, bat Lena Papa um das Fernglas. Sie schaute zu “Abraxas” hinüber und murmelte leise vor sich hin: ” Heimathafen

Emden.” Dann gab sie Papa das Fernglas zurück und ging nachdenklich weiter.

Es war schon fast Mittag und so bekam jeder beim Imbiss ein Stück Pizza auf die Hand. Das sollte fürs Erste genügen. Sie bummelten weiter, als Bjarne an einem Straßenschild stehenblieb. “G a r t e n w e g” las er langsam und deutlich vor. “Da wohnen doch die Eltern von Jan Fokken!”

Lena sauste sofort los und blieb vor dem Haus mit der feuerroten Veranda stehen. “Hier muss es sein!”

Unbekümmert lief sie durch den Garten zur Tür und klingelte auch schon. Bjarne war ihr so schnell gefolgt, dass Mama und Papa gar nicht mehr reagieren konnten. Die Tür ging auf und eine kugelrunde Frau mit einer blauen Schürze stand vor ihnen.

“Guten Tag!”, sagte Lena freundlich. “Wir möchten gern zu Dr. Jan Fokken.”

“Wir sind nämlich gute Freunde!”, ergänzte Bjarne wichtig.

Die Frau sah die Kinder amüsiert an. “Das tut mir leid, ihr beiden. Mein Sohn ist gerade unterwegs und wird erst am späten Nachmittag wieder hier sein. Dann könnt ihr gerne wiederkommen. Er freut sich bestimmt über euren Besuch."

Die Kinder versprachen, nach dem Abendbrot zurückzukommen. Bevor sie gingen, drehte Bjarne sich noch einmal zu Jans Mutter um und flüsterte mit ernster Mine:

"Sagen sie ihm doch bitte, dass es sehr wichtig ist. Es geht um ein großes Geheimnis!"

Frau Fokken strich Bjarne lächelnd über das Haar: "Ich sag's ihm, er wird sicher ganz gespannt sein!"

Die Kinder liefen zu Mama und Papa zurück, die am Gartenzaun gewartet hatten. "Wir haben einen Termin, und zwar heute Abend!", sagte Lena bedeutungsvoll.

Der Sturm der letzten Nacht hatte auf der Insel einigen Schaden angerichtet. Das Wasser war so weit aufgelaufen, dass es die wenigen Strandkörbe, die noch am Strand standen, mächtig durcheinander gewirbelt hatte. Viele lagen umgestürzt im Sand, einige davon waren

sogar beschädigt. Arbeiter der Kurverwaltung waren gerade dabei, die Körbe auf einen Anhänger zu laden und in Sicherheit zu bringen. Es wurde wohl auch Zeit, denn der Wetterbericht, der täglich oben am Strandkarren beim Bademeister ausgehängt war, verhieß nichts Gutes:
“Zunehmender Wind aus Nordwest, in der Nacht Orkanböen” stand dort.
Weiter hinten am Oststrand war sogar eine große, grüne Fahrwassertonne angeschwemmt worden. Die Wellen mussten die Tonne in der vergangenen Nacht aus ihrer Verankerung gerissen und an den Strand gespült haben. Der Sturm hatte die Insel fest im Griff.

Am Abend war es dann soweit. Papa machte sich gemeinsam mit den Kindern auf den Weg zu Jan Fokken. Bevor sie losgingen, gab es noch eine Ermahnung von Mama: “Kommt aber nicht so spät zurück wie gestern. Die Kinder brauchen ihren Schlaf!“
Papa versprach eine pünktliche Rückkehr und versicherte, auf jegliche Art von Alleingängen zu

verzichten. Dann zogen die drei los. Als sie im Gartenweg eintrafen, war die Veranda erleuchtet. Durch die Vorhänge fiel ein warmes Licht auf die Straße. Lena klingelte und Jan Fokken öffnete die Tür.

“Da seid ihr ja endlich!”, sagte er und gab den Kindern die Hand. “Meine Mutter hat mich schon ganz neugierig gemacht. Welchem Geheimnis seid ihr denn auf die Spur gekommen?”

“Es scheint sich tatsächlich um ein Geheimnis zu handeln, Herr Doktor!”, sagte Papa. Jan sah überrascht auf. Er hatte Papa gar nicht gesehen, weil er einige Schritte zurück in der Dunkelheit stehengeblieben war. Jan ging auf Papa zu und sagte: “Lass ruhig den Doktor weg, ich heiße Jan.” Papa fand Jan sofort sympathisch, zudem waren die beiden etwa gleich alt. “Ich heiße Sven.” Er drückte Jan fest die Hand.

Jan drehte sich um und ging voraus. “Kommt einfach rein und erzählt mir, wie ich euch helfen kann.”

Sie betraten die gemütliche Veranda. In einer Ecke standen bequeme Sessel und auf einem

kleinen Tisch waren schon Teegeschirr, Sahne und Kluntjes bereitgestellt. Außerdem stand da ein großer Teller mit friesischem Teegebäck, was bei Bjarne auf besonderes Interesse stieß.
Nun ging die Tür auf und Jans Mutter trat ein. In der Hand hielt sie eine weißblaue Teekanne und schenkte ihren Gästen ein.
"Ihr wisst, wie man es macht?", wandte sie sich den Kindern zu. "Erst Kandis in die Tasse, dann Tee drauf, damit es knackt. Nun ganz langsam die Sahne zugeben bis die kleinen Wölkchen aufsteigen. Bloß nicht umrühren!" Sie hob mahnend die Hand und ging wieder in die Küche.
Nachdem alle ihren Tee eingegossen und nach Vorschrift gesüßt und mit Sahne versehen hatten, begannen Papa, Lena und Bjarne zu erzählen. Sie bemühten sich, genau der Reihe nach zu berichten. Dann waren sie fertig und sahen Jan erwartungsvoll an. Der war während des Berichts der Kinder anfangs ganz still. Als er aber merkte, wie sich Mosaikstein zu Mosaikstein zusammenfügte, nickte er immer häufiger.

“Das hört sich alles sehr merkwürdig an. Ich glaube tatsächlich, dass ihr da einer ganz miesen Sache auf die Spur gekommen seid”, sagte er ernst und blickte Papa an.
Davon bin ich mittlerweile auch überzeugt”, sagte Papa, „aber jetzt kommen wir nicht mehr so recht weiter.”
“Wir werden das Rätsel schon lösen, ich bin dabei!”, sagte Jan abenteuerlustig.
„Der Kutter heißt ‘Abraxas’ sagt ihr?” Lena bestätigte: “Aus Emden kommt er, ich hab vorhin extra noch nachgesehen.”

Jan kannte dieses Schiff nicht, obwohl er sehr oft auf der Insel war. Ohne weiteren Kommentar nahm er sein Telefon in die Hand und wählt eine kurze Nummer.
“Hallo Enno, hier ist Jan. Du kannst mir mal einen Gefallen tun. Schau doch mal in deinen schlauen Computer und sieh nach, was du über einen Kutter mit dem Namen ‘Abraxas’ aus Emden herausfinden kannst.”
So einfach schien das nicht zu sein, denn Jan lauschte ein wenig genervt in den Hörer. Er

verzog das Gesicht und sagte entschlossen: “Enno, sei ein guter Freund. Ich weiß, dass du solche Informationen nicht einfach weitergeben darfst. Aber du kennst mich lange genug und weißt, dass ich damit keinen Unfug treibe. Mach es einfach! Wenn es nicht wichtig wäre, hätte ich dich nicht angerufen.”

Dann lächelte er zufrieden und sagte kurz: “Gut, bis gleich!” Jan legte den Hörer auf.

“Na, geht doch! Das war Enno, ein guter Freund von mir. Er arbeitet beim Schifffahrtsamt und schaut jetzt mal für uns im Schiffsregister nach, wem das Schiff 'Abraxas' gehört. Vielleicht sind wir dann ein Stück schlauer.”

Sie unterhielten sich weiter über Einzelheiten des Falles und Jan versprach, am kommenden Tag gemeinsam mit Papa und den Kindern in das Watt zu gehen, um dort nach der geheimnisvollen Baustelle, oder was immer es war, zu suchen. Jan kannte sich dort bestens aus, denn für die Inselkinder waren Strand und Watt die schönsten Spielplätze, die man sich denken konnte.

Onno Rabe

Endlich klingelte das Telefon. Jan meldete sich, nahm Papier und Bleistift zur Hand und begann zu schreiben, nur gelegentlich unterbrochen von einem "Hmm" oder "Ach nee!" Dann bedankte er sich und legte auf.

"Die 'Abraxas' gehört einem Mann mit dem Namen Onno Rabe." Lena platzte förmlich heraus: "Deshalb also 'Abraxas', ein richtiger Rabenname!"

Jan erzählte weiter: "Das Schiff wurde erst vor einigen Monaten von der 'Seekabel GmbH' an Rabe verkauft. Zuvor hieß es 'Kabeljau' und wurde als Vermessungsschiff eingesetzt."

Jan fuhr fort: "Die Firma hat das Schiff verkauft, weil ein größeres und moderneres Schiff angeschafft wurde. Und jetzt kommt es!"

Jan sah geheimnisvoll vom einen zum anderen und ließ sich viel Zeit, um die Sache ordentlich spannend zu machen.

"Die damalige 'Kabeljau' war im Frühjahr hier im Spiekerooger Watt eingesetzt, um die Verlegung

einer neuen Internetleitung vorzubereiten. Und jetzt ratet mal, wie der Kapitän heißt, der damals an Bord war und die Vermessungsarbeiten geleitet hat - na?"
Papa und Bjarne schauten ratlos drein, da platzte Lena es heraus: "Onno Rabe....?"
"Richtig!", rief Jan.

Er schrie so laut, als habe er gerade im Lotto gewonnen. Nun war es allen am Tisch klar. Das Geheimnis war entschlüsselt und lag offen vor ihnen auf dem Tisch. Papa fasste noch einmal zusammen:
"Onno Rabe hat für die 'Seekabel GmbH' das Watt vermessen. Dabei muss er auf irgendetwas gestoßen sein, was er selbst bergen und mit niemandem teilen will. Als die 'Kabeljau' verkauft werden sollte, war das seine Chance. Er kaufte sich das Schiff , taufte es auf 'Abraxas' um und führt nun heimlich die Bergung auf eigene Faust durch."
Dann stellte Jan die entscheidende Frage:

“Was aber liegt dort draußen tief im Watt und ist so wertvoll, dass Onno Rabe die ganze Mühe auf sich nimmt?”

Bjarne sprang erregt auf und hätte beinahe seine Teetasse umgestoßen:

“Sag ich doch die ganze Zeit. Rabe hat den Goldschatz des spanischen Schiffs gefunden, das vor über 400 Jahren auf Spiekeroog gestrandet ist und ausgeraubt wurde. Du hast selbst gesagt, Jan, dass der Schatz im Watt verschwunden ist!” Bjarne blickte Jan erwartungsvoll an.

“Du könntest tatsächlich Recht haben!”, sagte Jan. “Es gibt nur einen Weg, um das festzustellen. Wir müssen nachsehen!”

Er drehte sich zum Wohnzimmerschrank um und nahm einen Tidenkalender aus der Schublade. Dann ging er mit dem Finger die Zeilen entlang und stellte fest, dass sie am nächsten Tag noch vor Einbruch der Dämmerung würden losgehen können.

“Wir haben aber höchstens zwei Stunden Zeit. Wegen des Sturms läuft das Wasser später ab und kommt dafür früher zurück. Zudem läuft die Flut höher auf, denn der Sturm drückt das Wasser auf die Inseln. Aber wir sollten das schaffen", sagte er optimistisch.

Papa und die Kinder verabschiedeten sich von Jan und seiner Mutter. Als Treffpunkt vereinbarten sie den kommenden Tag, 15.30 Uhr an der Straße "Achter d' Diek", direkt vor dem Künstlerhaus.
Als sie im Hotel ankamen, war es wieder einmal später geworden als geplant. Papa hatte den Kindern auf dem Rückweg klar gemacht, dass sie gleich nicht lange herumtrödeln, sondern ohne Nörgelei schnellstens ins Bett gehen sollten. So flott ging es dann aber doch nicht, denn Mama war neugierig, was das Gespräch mit Dr. Fokken ergeben hatte. Mittlerweile war auch bei ihr die Abenteuerlust erwacht.
Als Lena und Bjarne endlich im Bett lagen, konnten sie nicht zur Ruhe kommen. Während Niels auf der anderen Seite des Zimmers in seinem kleinen Kinderbett tief und fest schlief, malten sie sich aus, was sie wohl morgen im Watt finden würden. Bjarne kroch zu Lena ins

Bett, und flüsternd überlegten sie, wie denn ein echter Goldschatz aussehen könnte. Lena stellte sich Goldklumpen und Säcke voller Diamanten vor.
“Vielleicht ist es ja gar kein Gold”, meinte Bjarne. “Vielleicht sind es ganze Geldscheinberge.”
“Quatsch, damals gab es noch gar kein Papiergeld”, flüsterte Lena. “Das kam doch erst viel später!”
Während die Diskussion hin und her ging, wurden die beiden Kinder immer müder und merkten gar nicht, wie sie ganz langsam hinweg dämmerten.

Als Mama am nächsten Morgen kam, um die Kinder zu wecken, lagen die beiden Großen gemeinsam in Lenas Bett.
Bjarne hatte sich im Laufe der Nacht einmal komplett gedreht und lag nun verkehrt herum im Bett. Als Lena aufwachte, erblickte sie als erstes Bjarnes Füße, die sich direkt vor ihrer Nase befanden.

Mit einem Schrillen "Iiiih!" fuhr sie hoch und schob Bjarnes Füße empört zur Seite.
"Nimm gefälligst deine Käsefüße aus meinem Gesicht!" Bjarne war noch im Tiefschlaf und hatte keine Ahnung, wo er sich befand. Verstört blickte er sich um und gähnte laut. Dann stand er kommentarlos auf und schlurfte in das Badezimmer.
Während die Familie sich fertig machte, um in den Frühstücksraum zu gehen, hatte Lena das Radio eingeschaltet. Die Musik dudelte vor sich hin, ohne dass jemand wirklich zuhörte. Um neun Uhr kam der Wetterbericht. Der interessierte Lena nun doch. Sie stellte sich direkt vor das Radio und lauschte dem Sprecher.
Der kündigte weiterhin kräftigen Sturm aus Nordwest an. Und dann kam es:

"Für die Deutsche Nordseeküste besteht die Gefahr einer leichten Sturmflut. Das Abendhochwasser wird ca. einen Meter höher als das mittlere Hochwasser auflaufen."

Auch Papa war aufmerksam geworden. Lena sah ihn fragend an: “Das hört sich aber nicht gut an, Papa. Gehen wir trotzdem ins Watt?”
Papa zuckte mit den Schultern: “Ich habe keine Ahnung. Am besten, wir überlassen Jan die Entscheidung.”

Der angebrochene Tag stand von da ab ganz unter dem Eindruck der geplanten Watterkundung. Die Gespräche drehten sich immer nur um das eine Thema: Was werden wir dort finden?
Mama hatte anfangs Bedenken, Papa und die beiden Großen in das Watt laufen zu lassen. Aber da Jan Fokken mit von der Partie war, machte sie sich keine Sorgen mehr. Eigentlich wäre sie selbst gerne mitgegangen, aber irgendjemand musste schließlich bei Niels bleiben.
Am Nachmittag machten sich die drei Abenteurer fertig für ihren Marsch in das Watt. Alle drei zogen Wollsocken und lange Gummistiefel an. Dann noch dicke Pullover und ihre Jacken. Papa betrachtete Lena und

schüttelte den Kopf. Sie hatte ihre neue, himmelblaue Winterjacke angezogen. Dazu trug sie eine hell leuchtende Strickmütze.

“Besser, Lena, du ziehst über die blaue Winterjacke noch die dünne schwarze Regenjacke und setzt eine dunkle Mütze auf. Es muss ja nicht jeder sehen, dass wir im Watt herumlaufen.”

Papa nahm sein iPhone und alle steckten ihre Taschenlampen ein. Nun konnte es endlich losgehen. Sie gingen mit schnellen Schritten und stemmten sich gegen den Sturm, der einen feinen Nieselregen vor sich hertrieb, dessen Tropfen ihnen kalt auf der Haut brannten.

Im Watt

Obwohl es erst Nachmittag war, begegneten ihnen auf dem Weg zum verabredeten Treffpunkt mit Jan nur wenige Menschen. Die meisten hatten ihre Mützen tief in das Gesicht gezogen oder hielten Schirme in der Hand. Dabei mussten sie ständig auf der Hut sein, dass ihnen der Sturm die Schirme nicht umknickte oder einfach fortriss. Wer jetzt nicht vor die Tür gehen musste, der setzte sich lieber in die nächste Teestube und trank heißen Ostfriesentee. Nach kurzer Zeit waren sie am Ziel. Jan erwartete sie schon. Obwohl er einen zünftigen Ostfriesennerz mit einer Regenmütze trug, die man hier an der Küste einen "Südwester" nennt, hatte er sich unter dem Vordach des Künstlerhauses untergestellt.

Sie begrüßten sich mit Handschlag und kamen gleich auf die Sturmflutwarnung zu sprechen. Auch Jan hatte Radio gehört und sich so seine Gedanken gemacht.

“Es ist schon ein gewisses Risiko, wenn wir jetzt da rausgehen”, sagte er. “Ein Meter Hochwasser ist eigentlich gar nicht so viel. Allerdings läuft das Wasser bei Ebbe nicht richtig ab und die Flut läuft schneller wieder auf. Ich hatte gehofft, dass wir ungefähr zwei Stunden Zeit haben, es wird aber nun weniger sein.”
“Wollen wir es trotzdem wagen?” Papa war nach wie vor unsicher. Die Kinder aber schoben alle Bedenken beiseite.
“Natürlich gehen wir raus, sonst werden wir das Rätsel niemals lösen! Wir passen schon auf!”
Papa sprach sich trotzdem gegen den Marsch in das Watt aus. Er zog seine Bedenken erst zurück, als Jan ihm sagte, dass sie am nächsten Tag erst mit beginnender Dämmerung würden rausgehen können, denn das Niedrigwasser käme fast eine Stunde später. Also zogen sie los. Zuerst ging es quer durch die Salzwiesen. Immer wieder mussten sie kleine Priele überspringen. “Minipriele”, wie Bjarne sie nannte. Dann kamen sie an das Watt.

Schon bald versanken sie bis über die Knöchel in einem zähen Schlamm. Jeder Meter, den sie nun vorankamen, war anstrengend. “Keine Angst”, munterte Jan seine Gefährten auf, “das ist gleich vorbei. Weiter draußen ist das Watt fest und sandig.“
So war es dann auch. Als sie gut 200 Meter gelaufen waren, wurde der Untergrund von Schritt zu Schritt härter. Sie kamen gut voran, doch dann mussten sie eine Zwangspause einlegen. Durch den Sturm war das Wasser am Morgen so hoch aufgelaufen, dass nun von einer richtigen Ebbe kaum die Rede sein konnte. Nur sehr zögerlich zog sich das Wasser zurück.
Jan wies in Richtung Westen. “Dort, ein Stück entfernt, ist die Swinnbalje, das ist so etwas wie ein besonders tiefer Priel, in den “Abraxas” auch bei Ebbe zumindest ein Stück weit hinfahren könnte.”

Bjarne drehte sich in die gezeigte Richtung, konnte aber nichts entdecken. Eines aber jagte ihm einen gehörigen Schrecken ein. Vom Strand war schon jetzt nichts mehr zu sehen und das

Festland war sowieso im Regendunst unsichtbar. Der feine Nieselregen hatte sich so verdichtet, dass er mittlerweile fast wie Nebel wirkte. Bjarne stupste Papa an. “Guck mal nach hinten”, sagte er nur.

Papa wandte sich um und murmelte: “Das sieht nicht gut aus!”

Jan hatte Papas Worte gehört, griff in die Tasche und holte einen Kompass heraus. “Keine Sorge, alles unter Kontrolle! Die Insel finden wir immer wieder.”

Das Wasser hatte sich inzwischen ein weiteres Stück zurückgezogen. So kamen sie zwar dichter an ihr Ziel, aber die Zeit verging schneller als erwartet. Sie waren nun schon eine Stunde unterwegs, als die Dämmerung über das Watt fiel. Sturm und Regen taten ihr übriges, und so nahm die Sicht immer weiter ab.

Sie mussten einige Priele überqueren, die schon mehrere Meter breit und teilweise so tief waren, dass das kalte Meerwasser drohte, ihnen in die Stiefel zu schwappen. Die Strömung war unglaublich stark. Das Wasser raste schäumend um sie herum und zerrte an ihren Stiefeln.

Blieben sie im Priel länger an einer Stelle stehen, dann wurde der Sand unter ihren Sohlen weggespült und sie drohten umzufallen. Zeitweise mussten sie sich gegenseitig stützen, um nicht das Gleichgewicht zu verlieren.
Irgendwann rief Jan: "Wir kommen jetzt in den Bereich, in dem ihr das Licht gesehen habt! Ich schlage vor, wir bilden eine Suchkette."
Sie stellten sich nebeneinander auf und ließen jeweils 20 Meter Zwischenraum. Links ging Jan, rechts Papa, in der Mitte Lena und Bjarne. Die Sicht war mittlerweile so schlecht geworden, dass jeder nur noch seinen Nebenmann im Blick hatte.
So stapften sie voran. Lena bekam allmählich Zweifel, ob sie die ganze Situation noch unter Kontrolle hätten. Auch Bjarne fühlte sich nicht wohl in seiner Haut, aber sollte man jetzt, wenige Meter vor dem Ziel, aufgeben und umkehren?

So stapften sie nebeneinander immer weiter in das Watt hinaus. Obwohl der Sturm unvermindert toste, nahmen sie seine Kraft nicht wahr, denn er kam von hinten und schob sie geradezu vor sich her. Aus Dämmerung wurde Dunkelheit, und sie begannen schon, nach ihren Lampen zu suchen, da hörten sie vor sich ein unregelmäßiges, laut knallendes Geräusch. Sie blieben stehen und lauschten in die Dunkelheit. Lief da etwa jemand vor ihnen im Watt herum und verursachte diese seltsamen Geräusche? Wurde vielleicht schon im Watt gearbeitet und wenn ja, wer waren diese Leute und - wie würden sie reagieren, wenn sie mit ihnen zusammen träfen?

Ein tiefes Loch

Sie verharrten eine Weile und trauten sich nicht weiterzugehen. Diese Geräusche waren ihnen unheimlich. Sie fanden keine Erklärung dafür.

Nach einiger Zeit des Horchens kamen die Kinder dem Rätsel auf die Spur: "So ein Geräusch haben wir schon einmal gehört. Das ist das Flattern einer Kunststoffplane. Genauso hat es sich auf dem Achterdeck der 'Abraxas' angehört."

Sie versuchten, die Richtung, aus der das Geräusch kam, einzuschätzen.

Dann schlichen sie sich langsam und vorsichtig heran, um nicht in eine Falle zu laufen. Das Geräusch wurde immer lauter, und plötzlich sahen sie vor sich im Watt einige Sandhügel auftauchen. Es waren keine Menschen in der Nähe. Papa gab ein Zeichen und sie näherten sich vorsichtig den merkwürdigen Erhebungen.

Da lag mitten im Watt vor ihnen eine große schwarze Plane. Sie hatte einen Durchmesser von ungefähr zwölf Metern. Ihre Ränder waren

sorgfältig mit Steinen beschwert und dann mit Wattboden bedeckt.
Die Tarnung war perfekt. Selbst am Tage hätten Wattwanderer schon direkt auf die Plane treten müssen, um sie überhaupt zu entdecken. Schon aus wenigen Metern Entfernung war sie kaum wahrzunehmen. Hätte der Sturm die Plane nicht gelockert und ins Flattern gebracht, so wären auch die vier Wattläufer gewiss daran vorbeigelaufen.

Gemeinsam nahmen sie einige Steine von der Plane und hoben sie hoch. Gerade hatten sie die Plane angehoben, als der Sturm wie mit Riesenfingern darunter griff, sie hochriss und in der Dunkelheit verschwinden ließ. Was da unter der Plane zum Vorschein kam schien unspektakulär und war für die Kinder eine Enttäuschung.
“Das ist ja nur ein Loch mit Wasser drin”, maulte Bjarne.
“Und dafür sind wir ganz hierher marschiert”, schloss sich Lena ihrem Bruder an. Papa und Jan sahen das allerdings anders:

“Was habt ihr denn erwartet?”, fragte Papa. “Dass hier sauber aufgestapelt das Gold herumliegt?”
Das Loch hatte einen Durchmesser von ungefähr acht Metern und war bis zum Rand mit Wasser bedeckt.
“Mich würde interessieren wie tief dieses Loch ist”, murmelte Jan. Er ging in die Knie, krempelte sich die Ärmel seines Friesennerzes hoch und griff in das schwarze Nass, so tief er nur konnte. Dann zog er den Arm zurück. “Auf jeden Fall ist es tiefer als einen halben Meter. Wie tief genau, werden wir so einfach nicht feststellen können.”

Gemeinsam starrten sie ratlos auf das Loch im Watt, als Bjarne eine gute Idee hatte. In seiner Hosentasche fand sich der Rest einer Drachenschnur, die er irgendwann eingesteckt hatte. “Damit könnten wir doch ein Lot bauen, oder?“, schlug er vor. Das war die Lösung! Sie nahmen einen der Steine, mit denen die Plane abgedeckt worden war. Dann knoteten sie ein Ende der Drachenschnur daran fest, hielten das andere in der Hand und ließen den Stein langsam ins Wasser hinabsinken. Der schwere Stein zog kräftig an der Schnur und wickelte das Drachenband Meter für Meter ab. Plötzlich wurde die Schnur locker.

“Der Stein ist am Grund angekommen”, meinte Papa. “Jetzt brauchen wir nur noch auszumessen, bis zu welcher Stelle das Band nass geworden ist.”

Als sie den Stein wieder hochzogen, stellten sie fest, dass das Loch mindestens fünf Meter tief war.

“Donnerwetter!”, rief Jan. “Da hat sich aber jemand richtig Mühe gemacht! Ohne Bagger schafft man während einer Ebbe vielleicht einen guten halben Meter. Bei Flut fällt das Ganze dann wieder ein Stück zusammen und das Loch läuft mit Wasser voll.”

“Das passt, das passt perfekt zusammen!”, jubelte Lena. “Auf dem Kutter haben wir all die Dinge gefunden, die man braucht, um so tief zu graben!”

Papa und Jan stimmten Lena zu. Ein so großes Loch ließ sich nicht einfach mit einer Schaufel graben. Dazu bedurfte es schon einer besonderen Ausrüstung.

Vor ihren Augen zeichnete sich ein Bild ab:

Die "Abraxas" lief immer abends aus, um im Schutz der Dunkelheit so weit in die Swinnbalje zu fahren, wie es nur möglich war. Von dort aus waren es nicht einmal mehr 150 Meter bis zu der Stelle, an der gegraben wurde.

Dazu brauchte man natürlich Licht. An Bord des Kutters gab es einen starken Stromgenerator. Den hatten die Kinder selbst im Maschinenraum gesehen.

Nun mussten nur noch Stromkabel vom Schiff bis zur Grabungsstelle ausgerollt werden. Dann wurden Scheinwerfer aufgestellt und das Ganze mit einem Zelt umschlossen, damit das helle Licht der Lampen nicht nach außen dringen konnte.

Das nach jeder Flut neu eindringende Wasser wurde abgepumpt. Danach konnte man nachts, wenn die Gezeiten es zuließen, die Grabung weiter vorantreiben.

Im Morgengrauen wurde das Zelt natürlich wieder abgebaut und die Scheinwerfer, Pumpen und Stromleitungen zurück an Bord der “Abraxas“ gebracht. Danach wurde das immer tiefer werdende Loch mit einer großen Plane abgedeckt und vor einer Entdeckung geschützt. Wer auch immer dort arbeitete, einen kleinen Fehler hatte er doch gemacht. Beim Verlassen des Zeltes war man nicht vorsichtig genug gewesen. So passierte es immer wieder einmal, dass das helle Scheinwerferlicht nach außen dringen konnte, weil das Zelt nicht sorgfältig geschlossen wurde.

Die Vier hatten genug gesehen. Als Jan auf die Uhr sah, wurde er unruhig. Sie hatten viel zu viel Zeit im Watt verbracht und mussten sich nun sputen, um noch rechtzeitig vor der einsetzenden Flut die Insel zu erreichen.
Sie blieben dicht beieinander und marschierten im Schein ihrer Taschenlampen so schnell es ging nach Norden. Die Orientierung stellte kein Problem dar. Jan musste nur selten auf seinen Kompass gucken, um die Richtung zu halten. Nach einigen Minuten trieb ihnen der Sturm das

gurgelnde Geräusch schnell fließenden Wassers entgegen.
Direkt vor ihnen tauchte einer der beiden größeren Priele auf, die sie auf dem Weg zur Insel durchqueren mussten. Schon konnten sie ihn im Licht ihrer Lampen sehen – und blieben erschrocken stehen.
Der Priel, den sie vor einer halben Stunde noch durchschreiten konnten, war mittlerweile auf die dreifache Breite angeschwollen. Das Wasser hatte seine Fließrichtung geändert und lief jetzt schwarz schäumend mit einer solchen Geschwindigkeit auf, dass Papa und Jan sich verunsichert ansahen. Konnte man es überhaupt wagen, diesen Priel zu überqueren? Eines war ihnen klar: Wenn man in dem rasenden Wasser den Halt verlor, gab es keine Hilfe mehr, und die Flut würde jeden, dem es passierte, mit sich in die schwarze Nacht fortreißen.
“Jetzt brauchen wir dringend Hilfe!”, sagte Papa, nahm sein iPhone in die Hand und wählte die Nummer der Inselpolizei.

Doch schon beim ersten Druck auf die Tasten bemerkte er es: Das Licht des iPhones flammte nur einen kurzen Augenblick auf, wurde dann immer schwächer und erlosch im nächsten Moment.
Nun fühlte er es auch schon. Das Gerät war völlig durchnässt. Papa hatte es in der Brusttasche seiner Jacke getragen, aber den Reißverschluss nicht sorgfältig geschlossen. Über Stunden war nun die Feuchtigkeit in das Gerät eingedrungen und hatte einen Kurzschluss verursacht.
Papa sah seine Weggefährten an und fragte: "Hat noch jemand ein Handy dabei?" Jan schüttelte den Kopf und auch Lena bereute sehr, dass sie ihr Handy im Hotel hatte liegen lassen. Bjarne besaß eh noch kein Handy, somit gab es für sie keine Möglichkeit mehr, Hilfe herbeizurufen.

"Gibt es keinen anderen Weg zurück?", fragte Lena voller Angst. Sie wusste, dass weder sie noch Bjarne gegen diese tosende Strömung eine Chance hatten.

“Nein”, sagte Jan, “hier ist die flachste Stelle.” Er ließ keinerlei Zweifel daran, wie ernst die Situation war.

„Wir müssen es einfach versuchen! Wir befinden uns jetzt gewissermaßen auf einer kleinen Insel im Watt, die von Minute zu Minute zusammenschrumpft. In einer Stunde wird das Wasser überall fast einen Meter hoch stehen. Das Nordseewasser ist im Herbst schon eiskalt, das halten wir nicht lange aus.”

“Ich versuche es!“, sagte Papa entschlossen. “Wenn ich es schaffe, den Priel zu durchqueren, komme ich sofort zurück. Dann nehmen wir jeder eines der Kinder auf die Schulter und riskieren es. Alles ist besser, als hier zu erfrieren.“

Trotz der Kälte zog er seine Gummistiefel aus, denn die würden schon nach dem ersten Schritt voll Wasser laufen und ihn nur behindern. Dann zog er seine Regenjacke aus und drehte sie so zusammen, dass sie wie ein dickes Seil aussah.

“Macht ihr das Gleiche auch mit euren Jacken!”, forderte er die anderen auf. Als sie fertig waren, knotete Papa die Jacken zusammen und erhielt auf diese Weise eine Art Rettungsleine von mehreren Metern Länge.

“Du sicherst mich!”, sagte Papa zu Jan. Dann stieg er ohne zu zögern in das schwarze Wasser. Das eine Ende des selbstgebauten Seils hatte er sich um das rechte Handgelenk geschlungen, das andere Ende hielt Jan fest. Papa schaffte gerade mal drei Schritte. Dann wankte er, geriet ins Straucheln und kippte vornüber. Das Wasser begann ihn fortzureißen. Jan reagierte blitzschnell und zog ihn mit aller Kraft zurück. So schaffte es Papa mit letzter Anstrengung, den Rand des Priels zu erreichen.
Er fiel erschöpft mit dem Oberkörper auf die Wattkante und blieb bis zu den Oberschenkeln in dem eisigen Wasser liegen. Erst allen gemeinsam gelang es, Papa wieder aus dem Wasser herauszuziehen.
Resigniert rappelte sich Papa auf. Schweigend versuchte er, seine nasse Hose so gut es ging auszuwringen. Dann zog er seine Gummistiefel wieder an. “Keine Chance!”, sagte er nur. “Das schaffen wir niemals!”

Er vermied es, den Kindern in die Augen zu sehen. Sie sollten ihm nicht anmerken, wie mutlos er nach diesem fehlgeschlagenen Versuch war.

“Sind wir jetzt gefangen?”, fragte Bjarne zaghaft.
“Ja!“, beantwortete Lena die Frage, weil die Erwachsenen weiter schwiegen.
“Jetzt können wir nur darauf hoffen, dass uns jemand vermisst”, sagte Jan. “Und vor allem dürfen wir den Mut nicht verlieren.”
Während Jan das sagte, merkten die Vier mit Erschrecken, dass sie schon wieder bis zu den Knöcheln im Wasser standen. Noch vor einigen Minuten war an dieser Stelle trockener Wattboden gewesen.
So mussten sie sich Meter um Meter weiter zurückbewegen. Sturm und Nieselregen hatten sie inzwischen restlos ausgekühlt. Sie gingen dicht beieinander, um sich gegenseitig wenigstens Windschutz zu geben.
Papa fror natürlich am meisten von allen, denn seine Hose wurde im Regen nicht wieder trocken. Er wollte sich das aber um keinen Preis

anmerken lassen und versuchte, die Hoffnungslosigkeit der Lage zu überspielen und gute Stimmung zu verbreiten.

“Da könnten wir ja in Ruhe Wattwürmer suchen!”, meinte er mit aufgesetzter Fröhlichkeit, aber niemandem war zum Lachen zumute.

Die Flut kommt

Innerhalb der nächsten halben Stunde drückte die Flut immer mehr Wasser in die Priele und versperrte ihnen den Rückweg zur Insel komplett. Stattdessen mussten sie sich vor dem nachdrängenden Wasser Schritt für Schritt weiter auf die Sandbank im Watt zurückziehen, bis sie wieder am Loch anlangten.

Hier befand sich die höchste Stelle im Watt. Sicherheit bot ihnen das aber auf Dauer nicht, denn die Flut folgte ihnen weiterhin und würde auch die Sandbank bald überspülen.

Nun gab es keine Fluchtmöglichkeit mehr. In der Hoffnung, dass jemand sie trotz Dunkelheit und Regen bemerken könnte, leuchteten sie mit ihren Lampen immer wieder in Richtung Insel. Aber die Wahrscheinlichkeit, dass man das Licht dort sehen konnte, war sehr gering. Und das wussten sie. Während das kalte Wasser weiter stieg, drang auf einmal aus der Dunkelheit ein Geräusch zu ihnen herüber. Es war das dumpfe

Grummeln eines Schiffsdiesels. Bjarne sprang jubelnd hoch:
“Sie holen uns, das ist bestimmt ein Rettungsboot!”
Die Retter näherten sich über die Swinnbalje.
“Kommt, wir müssen ihnen entgegengehen!”, rief Lena. “Sonst finden sie uns in der Dunkelheit nicht.”
So schnell sie konnten, liefen sie durch das Wasser den Rettern entgegen. Papa hatte an jeder Hand eines der beiden Kinder. Es dauerte auch nicht lange, bis sie vor sich die Umrisse eines Schiffes sahen.
“Hier, hier sind wir!”, rief Jan laut und schwenkte seine Taschenlampe über dem Kopf.
Als sie dichter an den Kutter herankamen, machte Lena eine Entdeckung, die sie zögern ließ. Das Schiff war nur als schwarzer Schatten zu erkennen, denn es hatte keinerlei Lichter gesetzt. Das war ungewöhnlich. Und wenn das wirklich ein Rettungsschiff war, wieso leuchteten die Retter nicht das Watt mit Scheinwerfern ab?

Lena begriff: Bei dem Schiff, das sich am Ende des Priels gerade mit langsamer Fahrt an die Wattkante schob, handelte es sich nicht um ein Rettungsboot, sondern um “Abraxas“.

Lena ließ Papas Hand los, blieb spontan stehen und schrie laut auf, um die anderen zu warnen, aber es war schon zu spät. Jan und Papa hatten sie nicht gehört und liefen weiter, bis sie das Schiff erreichten.

Nur Bjarne hatte Lenas Ruf gehört, war stehengeblieben und dann zu ihr zurückgelaufen. Lena rief immer wieder “Abraxas” und zeigte auf den schwarzen Schatten, dann hatte auch Bjarne die Situation erfasst.

Papa bemerkte, dass die Kinder zurückgeblieben waren und drehte sich um. Er konnte die beiden gerade noch in der Dunkelheit erkennen und sah, wie sie sich duckten, um sich so klein wie möglich zu machen. Er winkte den Kindern zu, endlich zum Kutter zu kommen, aber Lena schüttelte energisch den Kopf.

Papa kapierte in diesem Moment überhaupt nicht, was vor sich ging. Im selben Augenblick

sprangen auch schon vier Männer vom Schiff, stürzten sich auf ihn und Jan, packten sie grob an den Armen, drehten ihnen diese nach hinten und banden sie mit einem Tau zusammen.
Als Jan lautstark protestierte, schrie einer der Männer ihn an: "Halt dein Maul, sonst schmeißen wir dich so wie du bist in die Balje. Da freuen sich die Fische!" Er lachte rau und schubste Jan zu einer Leiter, die an den Kutter gelehnt war.
Während Papa gefesselt wurde, blickte er zu Lena und Bjarne zurück und konnte erkennen, wie die Kinder in einiger Entfernung durch das Watt schlichen, sich von hinten an den Kutter heranmachten und unbemerkt an Bord kletterten. Das Letzte, was er noch wahrnahm, war Bjarnes Hand. Er streckte sie mit erhobenem Daumen hoch, was soviel heißen sollte wie: "Mach dir keine Sorgen!" Dann waren die Kinder verschwunden.

Die vier Männer, die Papa und Jan überwältigt hatten, waren dermaßen auf ihre Gefangenen fixiert, dass sie die Kinder in der Dunkelheit gar nicht bemerkt hatten. Sie schleppten ihre Gefangenen an Bord und schubsten sie unter Drohungen und Schlägen in einen winzigen Verschlag am Heck des Schiffes, in dem früher die Fischernetze gelagert wurden. Dann banden sie ihnen auch noch die Füße zusammen, so dass sie völlig bewegungsunfähig waren. Krachend flog die Tür zu und wurde sorgfältig verschlossen.

Papa und Jan hatten inzwischen kapiert, dass sie sich nicht auf einem Rettungsboot sondern an Bord der "Abraxas" befanden. Jetzt waren sie zwar für den Moment vor der Flut in Sicherheit, aber gerettet waren sie nicht! Die Männer würden sie nicht so bald wieder freilassen, das war ihnen klar. Da lagen sie nun in dem dunklen Verschlag gefesselt auf dem Boden, konnten sich kaum bewegen und schwiegen so lange, bis sich die Schritte der Männer entfernten.
"Wo sind Lena und Bjarne?", flüsterte Jan, als er sich von dem ersten Schreck erholt hatte.

“Sie sind in Sicherheit”, antwortete Papa. “Irgendwo an Bord halten sie sich versteckt. Die beiden sind clever, die werden sich schon irgendwas einfallen lassen, um uns zu retten.”

Gefangen

Für die beiden Geschwister stellte es sich als großer Vorteil heraus, dass sie den Kutter damals im Hafen erkundet hatten. So waren sie über das Heck an Bord geklettert, glitten geschmeidig über das Deck an die Luke, öffneten sie nur ein kleines Stück und verschwanden ohne einen Laut im Maschinenraum. Der erschien ihnen im Moment als das sicherste Versteck, denn solange "Abraxas" im Watt blieb, wurde die Maschine nicht benötigt.

Leise schlossen sie die Luke hinter sich und lauschten atemlos, ob jemand sie bemerkt hatte. Aber nichts geschah. Sie trauten sich nun, ihre Lampen anzuschalten, um den Raum genauer zu inspizieren. Der große Dieselmotor stand so in der Mitte, dass man einmal um ihn herumgehen konnte. Direkt dahinter stand der Stromgenerator. Zum Deck hin gab es mehrere Lüftungsleitungen und dicke Heizungsrohre, die direkt in den Steuerstand des Schiffes führten.

Die Kinder konnten von hier unten aus die Schritte der Männer hören, wie sie an Deck hin und her gingen und sich nach einiger Zeit im Steuerhaus des Schiffes versammelten.
“Schnell!”, flüsterte Lena. “Wir müssen das Heizungsrohr zum Steuerstand abbauen, dann können wir jedes Wort verstehen.” Sie leuchtete herum, bis sie das entsprechende Rohr gefunden hatte.
Bjarne kletterte geschickt auf einen Werkzeugkasten, reckte sich und drehte vorsichtig das Rohr am Ansatz hin und her, bis es sich löste. Leise legte er es zur Seite. Nun konnten sie dem Gespräch der Männer folgen, als ständen sie direkt zwischen ihnen.

“Heute Nacht müssen wir die Sache zu Ende bringen”, sagte die erste Stimme. “Ich habe nicht so viel Geld für dieses Schiff ausgegeben, um mir in letzter Stunde den Schatz abjagen zu lassen. Wir haben nicht einmal mehr die Zeit, um das Loch leer zu pumpen. Das schaffen wir bis zum Dämmerungsbeginn nicht mehr. Also muss Enno tauchen und aus dem Wrack rausholen, was zu kriegen ist. Dann nichts wie weg hier!"

Lena und Bjarne waren sich ganz sicher: Das musste Onno Rabe sein!

"Wenn wir noch ein oder zwei Tage warten, können wir bestimmt noch mehr finden", entgegnete der als Enno bezeichnete Mann.

"Nein! Sobald das Wasser wieder abläuft, tauchst du!" Onno Rabe blieb bei seiner Meinung.

"Die beiden Burschen sind doch nicht zufällig bei diesem Mistwetter hier herumgelaufen. Bestimmt haben sie sich am Wrack herumgetrieben. Vielleicht haben sie schon jemandem davon erzählt, dann wimmelt es hier bald vor Neugierigen."

"Und was machen wir mit den beiden Schnüfflern?", fragte eine weitere Stimme. Sie klang ziemlich brutal, und die Kinder erkannten darin den Matrosen wieder, der sie auf dem Anleger im Hafen fast erwischt hätte.

"Wenn wir hier alles erledigt haben, werfen wir sie an einer tiefen Stelle über Bord. Sollen sie doch ersaufen!", sagte Onno Rabe. "Schließlich müssen wir ihretwegen alle Arbeiten Hals über Kopf zu Ende bringen. Schon deshalb haben sie es verdient!”

In den nächsten Stunden war es ruhig auf dem Schiff. Rabe und seine Komplizen mussten warten, bis die Flut ihren Höhepunkt überschritten hatte und die Sandbank wieder freigab. Lena sah auf ihrer Armbanduhr, wie die Zeit verstrich. Den Geräuschen nach tranken die Männer eine Flasche Bier nach der anderen und sprachen nur wenig. Ab und zu ging einer von ihnen zum Heck, um die beiden Gefangenen zu kontrollieren. Dadurch konnten die Kinder feststellen, dass sich Papa und Jan direkt über ihnen befinden mussten. Irgendwann wurde es an Deck wieder lebendig. Die Männer trafen die Vorbereitungen, um mit ihrer Schatzsuche fortzufahren. Den Geräuschen nach wurde gerade das Material ausgeladen, das man für den abschließenden Tauchgang benötigte. Dazu sollten wieder das Zelt und die Scheinwerfer aufgestellt werden.

Für die Kinder stieg damit die Gefahr, entdeckt zu werden, denn einer der Männer würde sicherlich in den Maschinenraum steigen, um den Stromgenerator einzuschalten. Sie hatten es kaum gedacht, da ging die Tür auf. Der Maschinenraum wurde in gleißendes Licht getaucht. Lena und Bjarne pressten sich hinter dem großen Dieselmotor auf den Schiffsboden und hielten die Luft an, denn wenn der Matrose nicht nur das Aggregat einschaltete, sondern noch weiter in den Maschinenraum hineinging, so musste er sie entdecken. Zum Glück für die Kinder trat der Matrose aber nur einen Schritt weit in den Maschinenraum, startete das Stromaggregat und verschwand wieder. Das Licht verlosch, und mit einem großen Knall wurde die Luke geschlossen.
“Puh, das hätte aber auch schief gehen können!”, stöhnte Bjarne und atmete erleichtert aus. Lena griente: “Ein bisschen Glück gehört eben auch dazu!”

Das Stromaggregat hatte nun seine Arbeit aufgenommen und brummte vernehmlich.

Dadurch fiel es den Kindern schwerer nachzuvollziehen, was oben auf dem Schiff geschah. Dennoch konnten sie die laute Stimme von Onno Rabe hören: “Fiete, du bleibst an Bord und bewachst die Gefangenen. Und sauf nicht so viel Bier!”

Fiete rief zurück: “Keine Sorge, Boss, ich hab hier alles unter Kontrolle.” Fiete hieß also der Matrose, mit dem sie die nächtliche Begegnung im Hafen gehabt hatten.

Die Kinder konnten nun sicher sein, dass sie es an Bord nur noch mit einem Gegner zu tun hatten. Die anderen drei waren in das Watt gegangen.

“Wir müssen Papa und Jan befreien“, sagt Bjarne. Aber wie sollte das geschehen?

“Den Verschlag können wir nicht öffnen”, sagte Lena, “wir haben ja selbst gehört, dass die Männer immer wieder abgeschlossen haben. An den Schlüssel kommen wir niemals ran.”

“Wir könnten die Tür zwar aufbrechen, aber das wäre so laut, dass Fiete es hören würde. Und gegen den haben wir keine Chance”, stelle Bjarne fest.

Dann fielen den Kindern die Lüftungsschlitze ein. Vielleicht führte einer von ihnen ja in den Verschlag? Bjarne schritt den Raum ab und deutete dann nach oben: "Da ungefähr müsste der Verschlag sein."
Sie leuchteten die Decke gründlich ab und fanden tatsächlich ein handgroßes Loch. Lena schleppte einen schmutzigen alten Fischkasten heran, auf den sie sich stellen konnte. Sie beugte sich dicht an den Lüftungsschlitz heran und rief mit unterdrückter Stimme: "Papa, Jan, seid ihr da oben?"
Die beiden Gefangenen waren total überrascht, als dicht hinter ihnen auf einmal die Stimme eines der Kinder erklang.
"Ja, hier sind wir", antwortete Papa erleichtert. "Geht es euch gut?"
"Aber klar!", antwortete Lena und gab sich ganz lässig. "Alles bestens! Wir holen euch da irgendwie raus."

Bjarne hatte mittlerweile ein Messer in der Werkzeugkiste gefunden. Er hatte so schlanke Arme und Hände, dass es ihm gelang, durch den

Lüftungsschlitz zu greifen. Papa erschreckte sich fürchterlich und dachte im ersten Moment, ihm sei eine Ratte über die Hände gelaufen. Es war aber Bjarne, der so lange tastete, bis er Papas Hände fühlen konnte. “Halt ganz still!”, flüsterte Bjarne. Dann nahm er das Messer und sägte so lange, bis die Fesseln durchtrennt waren.

Papa hatte endlich die Hände frei. Er rieb sie aneinander, bis das Gefühl zurückkehrte. Bjarne gelang es derweil, das Messer komplett durch den Schlitz zu schieben und Lenas Taschenlampe ebenfalls. Nun konnten Papa und Jan sich selbst befreien und hatten Licht genug, um sich in ihrem Gefängnis umzusehen. Viel altes Tauwerk lag darin, einige Bretter und sogar leere Bierkisten.
“Könnt ihr den Verschlag selber aufbrechen?”, fragte Lena.
“Nein“, antwortete Papa, “hier oben liegt nur Gelumpe rum.”
In diesem Moment erklangen auf dem Deck wieder die stampfenden Schritte Fietes. Er fand

es wohl an der Zeit, nach den Gefangenen zu sehen.
Papa und Jan legen sich die durchschnittenen Fesseln über die Füße und nahmen die Hände auf den Rücken, als seien sie immer noch gefesselt.
Fiete öffnete die Tür, leuchtete nur kurz hinein, befand alles in Ordnung und verschloss die Tür mit einem zufriedenen Grunzen. Im Verschlag blieb nur ein intensiver Biergeruch zurück. Dann entfernten sich die Schritte wieder.

Als alle sicher waren, dass niemand sie hören konnte, drückten Lena und Bjarne ihre Köpfe wieder ganz dicht an den Lüftungsschlitz und begannen, sich mit Papa und Jan zu beraten. Während Papa drängte, Fiete bei der nächsten Kontrolle zu überwältigen, begann Jan zu rechnen. Es machte nach seiner Ansicht keinen Sinn, schon jetzt zu fliehen.
“Das Wasser ist noch nicht weit genug abgelaufen”, sagte er. “Zwar kann man am Wrack schon wieder arbeiten, aber dort ist ja auch die höchste Stelle im Watt. Rundherum

steht die Flut noch hoch. Im Moment kommen wir noch nicht auf die Insel zurück, wir müssen warten.
Außerdem können wir nicht auf dem kürzesten Weg zurückgehen, denn der führt direkt am Wrack vorbei. Da würden uns Rabe und seine Leute schnell entdecken."
So entschlossen sie sich, noch eine weitere Stunde zu warten.

Die Uhr hatte inzwischen Mitternacht weit überschritten, und auf der Insel gab es Menschen, die in großer Sorge waren. Mama hatte Niels am Abend in sein Bett gelegt. Die Augen waren ihm schon fast zugefallen, als er seine "Gute-Nacht-Flasche" bekam.
Es hatte nur wenige Minuten gedauert, dann verriet sein tiefer, regelmäßiger Atem, dass er fest eingeschlafen war.
Mama sah auf den Wecker, der neben dem Bett stand: 00.35 Uhr zeigten die roten Ziffern an. Eigentlich wollte Papa mit den Kindern schon lange wieder zurück sein, aber sie kannte das. Je spannender es war, um so später kamen sie

nach Hause. Mama legte sich auf das Bett und nahm eine Zeitschrift vom Nachttisch. Sie klemmte sich das Kissen in den Rücken und wollte gemütlich lesen. Doch es gelang ihr nicht, sich zu konzentrieren. Immer wieder schweiften ihre Gedanken ab. Die Sorge um Papa und die Kinder war einfach zu groß.

Entschlossen sprang sie auf, nahm ihr Handy und wählte Papas Nummer. “Der Teilnehmer ist im Moment nicht zu erreichen”. Mama blickte auf ihr Display, hatte sie sich verwählt? Noch einmal versuchte sie es, doch die Antwort war dieselbe: “Der Teilnehmer ist im Moment nicht zu erreichen”.
Was hatte das zu bedeuten? Mama ging unruhig im Zimmer auf und ab. Sie wusste, dass zu dieser Zeit das Watt schon überflutet war. Vielleicht saßen sie alle gemeinsam bei Jan auf der warmen Veranda und hatten die Zeit vergessen? Aber warum war dann Papas Handy ausgeschaltet?
Mama nahm das Inseltelefonbuch aus dem Schrank, suchte die Telefonnummer von Jans

Mutter heraus und wählte. Das Telefon klingelte nur einmal und sofort wurde abgenommen.
“Fokken!”, auch Jans Mutter klang beunruhigt.
“Guten Abend Frau Fokken, hier spricht Frau Richter. Ich wollte nur fragen, ob mein Mann und die Kinder bei Ihnen sind. Ich mache mir allmählich Sorgen, denn sie hätten schon lange aus dem Watt zurück sein müssen.”
“Leider nein, Frau Richter. Ich sitze selbst wie auf Kohlen und fürchte allmählich, dass etwas passiert ist.”

Frau Fokken schlug vor, ins Hotel zu kommen und gemeinsam zu überlegen, was zu tun sei. Sie war zwar klein und rund, aber wohl ziemlich gut zu Fuß, denn schon zehn Minuten später klopfte es an die Zimmertür.
Die beiden Frauen begrüßten sich herzlich. Jans Mutter war jemand, den man einfach gern haben musste. Sie überlegten hin und her und erwogen, bei der Polizei oder der Seenotrettung anzurufen. Das unterließen sie aber doch.
“Ich kann mir nicht vorstellen, dass Jan sich im Watt verlaufen hat. Er kennt sich dort aus und

geht nie ohne Kompass hinaus", sagte Frau Fokken.
"Vielleicht sind sie gerade auf dem Weg zu uns", sagte Mama. "Am liebsten würde ich an den Deich gehen, um nachzuschauen."
"Dann machen Sie das doch!", sagte Frau Fokken. "Ich passe derweil auf den Kleinen auf."
Mama sah zu Niels in das Bett. Der schnorchelte tief vor sich hin, sabberte in sein Hasenkissen und sah nicht so aus, als würde er in den nächsten Stunden aufwachen.
"Gut", sagte Mama, "so machen wir es!" Sie hatte zu Frau Fokken volles Vertrauen.
Mama zog Gummistiefel und Regenjacke an. Wenige Minuten später stand sie vor dem Hotel. Als der kalte Wind ihr in das Gesicht schlug und die ersten Regenspritzer auf der Haut zerplatzten, fröstelte sie. Ihr war angst und bange bei dem Gedanken, dass die Vier sich bei diesem eisigen Sturm noch im Watt aufhalten könnten. Ohne nach rechts und links zu sehen eilte sie durch den menschenleeren Ort. Die Häuser standen geduckt nebeneinander. Nirgendwo waren Lichter hinter den Scheiben zu

sehen, und da es nur wenige Straßenlaternen gab, war es nicht einfach, sich zu orientieren. Zweimal bog sie falsch ab, bemerkte ihren Irrtum aber wieder. Nach fast einer halben Stunde stand sie endlich auf dem Deich und starrte in das Watt. Während der Sturm unvermindert tobte, ließ der Nieselregen allmählich nach und die Sicht wurde besser. Trotzdem war im Watt nichts zu entdecken. Es schien fast so, als blicke sie gegen eine schwarze Wand.

Flucht

Auf dem Schiff hatten die Kinder die Wartezeit genutzt, um im Maschinenraum nach brauchbaren Dingen zu suchen. Bisher hatten sie nur Werkzeuge oder Ersatzteile für die Maschine gefunden. Da zog Bjarne aus einem Regal eine Holzkiste heraus. “Rettungsmittel” buchstabierte er langsam die Aufschrift. Lena wurde aufmerksam.

Der Deckel der Kiste war verklemmt. Bjarne nahm einen großen Schraubenzieher, hebelte die Holzkiste auf und öffnete sie.

“Hui, das ist ja eine Pistole!”, flüsterte er begeistert.” Gerade wollte er das Teil herausnehmen, da schlug Lena ihm auf die Finger.

“Du gehst da nicht ran!”, sagte sie energisch und schob seine Hände weg.

“Das ist eine Seenotpistole zum Abfeuern von Leuchtraketen. Im Verein hat uns der Segellehrer so etwas mal gezeigt.”

Natürlich hatte der Segellehrer die Kinder ausdrücklich gewarnt und darauf hingewiesen, dass dies kein Spielzeug sei. Trotzdem untersuchte Lena die Pistole. Schließlich handelte es sich ja hier um einen Notfall.
Die Pistole war groß und schwer. Der Lauf ließ sich abknicken. Lena blickte hinein - keine Patrone steckte darin.
“Da müssen noch Patronen in der Kiste sein”, flüsterte sie. Die Kinder wühlten den Inhalt durcheinander und fanden tatsächlich eine Schachtel mit fünf Patronen. Bjarne war an der Pistole brennend interessiert.
“Wie funktioniert so ein Ding? Kennst Du dich damit aus?”
“Na klar!”, gab Lena an. Doch in Wirklichkeit hatte sie noch nie mit einer solchen Pistole geschossen und wusste nicht einmal genau, wie sie funktionierte. Aber es sah so aus, als brauche man nur eine Patrone in den Lauf zu stecken, den Lauf wieder hochzuklappen und abzudrücken.

Gerade in diesem Moment hörten sie, wie Fiete oben auf dem Deck herumpolterte. Irgendwo fiel eine Bierflasche klirrend vom Tisch. Dann vernahmen sie seinen schleppenden Gang. Unsicher bewegte er sich zum Achterdeck des Schiffes. Kein Wunder, denn Fiete hatte die Abwesenheit seines Chefs genutzt und viel zu viel Bier getrunken.

“Hey! Hey!”, hörten sie Papa rufen. Lena und Bjarne horchten am Lüftungsschlitz.
“Jan und ich werden Fiete jetzt überwältigen”, flüsterte Papa. “Wenn ich laut ‘Jetzt!’ rufe, dann kommt sofort raus aus dem Maschinenraum und dann nichts wie weg.”
Bjarne stopfte noch schnell die Signalpatronen in seine Jackentasche, und Lena steckte sich die Pistole in den Hosenbund. Dann horchten sie gespannt, was sich über ihnen tat.

Fietes torkelnde Schritte kamen näher. Dann hörten sie, wie er unbeholfen die quietschende Tür öffnete. Im selben Augenblick stieß jemand einen schrillen Schrei aus. Es folgte ein dumpfer

Aufprall, als ob ein Elefant zu Boden fiele. Danach war nur noch schmerzvolles Wimmern zu hören.
Lena und Bjarne hockten direkt unter der Ausstiegsluke und warteten auf das Kommando, nach oben zu kommen. Hatten Papa und Jan es geschafft, den bärenstarken Fiete zu überwältigen?
In diesem Augenblick kam das erlösende "Jetzt!" Papa hatte es laut herausgeschrien. Die Kinder stießen die Luke auf und stürmten an Deck.

Als sie vor dem Verschlag standen, sahen sie Fiete auf dem Boden liegen. Papa hatte ihm mit einem Brett einen mächtigen Schlag gegen das Schienbein versetzt, worauf er ins Straucheln geriet. Dann hatte ihm Jan einen alten Jutesack über den Kopf gezogen, bevor Papa Fiete mit einem gewaltigen Tritt in den Hintern zu Fall brachte. Die Kinder sahen noch zu, wie Jan den betrunkenen Fiete an Armen und Beinen fesselte. Der sah danach aus wie ein verschnürtes Postpaket. Gemeinsam rollten sie

Fiete in den Verschlag und schlossen die Tür sorgfältig ab.
Anschließend warf Jan den Schlüssel achtlos über Bord. “So”, sagte er und rieb sich die Hände, “der hat sein Fett weg!”
Papa nahm derweil Lena und Bjarne in den Arm und drückte sie ganz fest. Sie waren unsagbar froh, wieder beisammen zu sein.

Jan unterbrach die Wiedersehensfreude. “Dafür ist jetzt keine Zeit! Wir müssen sehen, dass wir wegkommen!”
Er lief an der Reling des Kutters entlang und suchte die Leiter. Schnell stieg er herunter und wartete auf die anderen.
Die Kinder waren schon von Bord und Papa hatte gerade ein Bein auf die Leiter gestellt, da wurde er von einem scharfen Lichtstrahl erfasst. Ein weiterer Lichtkegel zuckte durch die Dunkelheit und blendete Jan und die Kinder.
Entsetzt blickten sie sich um. Erst jetzt fiel ihnen auf, dass der Nieselregen aufgehört hatte. Die Wolken waren mittlerweile verschwunden, und im Sternenlicht war die Sicht so gut

geworden, dass man weit gucken konnte. Und was sie sahen, machte ihnen Angst:
Onno Rabe und seine beiden Begleiter kamen auf sie zu gelaufen. Zwei von ihnen mühten sich mit einer Holzkiste ab, die so schwer war, dass es offensichtlich viel Kraft kostete, sie zu tragen.
Die Männer erkannten augenblicklich, dass ihre Gefangenen gerade im Begriff waren zu fliehen. Sie ließen die Kiste zu Boden fallen und rannten los. “Bleibt stehen!”, brüllte Rabe wütend. “Wir kriegen euch ja doch!“

Papa sprang von Bord, und gemeinsam versuchten sie, so schnell wie möglich in der Dunkelheit zu verschwinden. Sie rannten und rannten, bis sie keine Luft mehr bekamen und schnaufend stehenbleiben mussten. Doch als sie sich umdrehten, merkten sie, dass die Männer ihnen immer noch auf den Fersen waren und unaufhaltsam näherkamen. Auch die Dunkelheit bot keinen Schutz, denn die Verfolger brauchten nur ihren Fußspuren zu folgen. Jan und Papa sahen keine Chance mehr zu entkommen. Sie hatten alles versucht - und verloren.

Als die Verfolger noch ungefähr 50 Meter von ihnen entfernt waren, kam Bjarne die rettende Idee: “Schieß, Lena, schieß doch!”

Lena kapierte. Sie riss die Seenotpistole aus dem Hosenbund und klappte den Lauf herunter. Bjarne holte eine Signalpatrone und steckte sie mit zitternden Fingern in den Lauf.

Jan und Papa waren so verblüfft, dass sie gar nicht auf die Idee kamen, Lena die Pistole wegzunehmen. Mit einem metallischen Geräusch rastete der Lauf wieder ein. Lena hob die Pistole in die Höhe. Sie musste alle Kraft aufwenden, um den Abzug durchzudrücken, aber es passierte nichts, rein gar nichts.

Entgeistert starrte sie auf die Pistole. Was hatte sie falsch gemacht? Sie versuchte es noch einmal, wieder nichts. Die Männer kamen immer näher.

Dann schoss es Lena durch den Kopf: Natürlich, da gibt es doch einen Sicherungshebel der verhindert, dass sich ein Schuss ungewollt löst. Sie tastete die Signalpistole ab und fand

tatsächlich an der linken Seite einen Hebel. Den drückte sie herunter. Dann hielt sie die Seenotpistole wieder nach oben und zog mit aller Kraft am Abzug.
Im selben Moment gab es einen solchen Knall, dass die Kinder dachten, ihnen würde das Trommelfell platzen. Der Rückschlag der Pistole war so heftig, dass sie Lena fast aus der Hand gefallen wäre. Ein roter Feuerball schoss ziemlich dicht über den Köpfen der Verfolger in den Himmel und stieg höher und höher, um dann mit hellem Knall in einem riesigen roten Sternenbündel zu zerplatzen.

Lena erschrak, als sie merkte, dass sie die Pistole nicht hoch genug gehalten hatte. Natürlich wollte sie die Männer nicht treffen, doch gerade ihr Versehen war ihr Glück, denn die Wirkung auf Onno Rabe und seine Komplizen war enorm. Sie hatten den Eindruck, als wäre gezielt auf sie geschossen worden und ließen sich vor Schreck zu Boden fallen. Mit dieser Gegenwehr ihrer Opfer hatten sie nicht gerechnet.

Lena starrte immer noch beeindruckt in den Himmel, da stieß Bjarne sie schon wieder an. "Guck nicht, lade nach!"
Die Kinder luden die Pistole erneut, und sofort schoss Lena die nächste Patrone in den Himmel. Diesmal hielt sie die Pistole steil nach oben, damit der Seenotstern möglichst weit zu sehen war.
Die Gangster machten einen letzten Versuch, Papa, Jan und die Kinder doch noch zu überwältigen. Aber als sie wieder losrannten, bemerkte Lena das und schoss noch einmal.
Diesmal hielt sie die Pistole extra ein wenig flacher, so dass der Schuss erneut dicht über die Köpfe der Verfolger hinwegzischte.
Diese warfen sich erneut ängstlich zu Boden und hatten nun endgültig kapiert, dass mit den Kindern nicht zu spaßen war.
"Los, zurück zum Kutter!", schrie Rabe seine Kumpane an. "Wenn jemand die Signale sieht, kommen wir nicht mehr ungesehen aus dem Watt."
Die drei Männer gaben auf. Sie hatten nur noch ein Ziel: Schnell den Schatz an Bord bringen

und dann nichts wie weg auf die offene See. Dort standen ihnen alle Fluchtwege offen.
Papa jubelte: “Das habt ihr großartig gemacht! Ihr seid wirklich unglaublich!”
Auch Jan war begeistert: “Wo habt ihr denn das gelernt?”, fragte er staunend.
“So etwas lernt man alles im Segelverein”, erklärte ihm Lena stolz und blickte auf ihren Bruder. “Außerdem sind wir beide ein gutes Team!”

Gerettet

Mama stand immer noch frierend auf dem Deich und starrte in die Nacht. Sie machte sich nun ernsthafte Sorgen, dass Papa, Jan und den Kindern etwas passiert sein könnte. Gerade als sie sich umdrehen und den Rückweg ins Hotel antreten wollte, sah sie einen roten Leuchtstern im Watt aufsteigen. Sie blieb wie angewurzelt stehen.

Einen Augenblick später stieg ein zweiter Stern auf, dieses Mal höher und steiler, gefolgt von einem dritten Stern, der wieder flacher durch die Nacht raste. Mit klammen Händen suchte sie ihr Handy, stellte sich in den Windschatten eines Hauses und rief im Hotel an. Sie erzählte Frau Fokken, was sie gesehen hatte. Die wusste als alte Insulanerin genau, was bei Seenot zu tun war. Es bedurfte nur zweier Anrufe, und schon wenig später setzten sich Rettungsboote in Richtung Swinnbalje in Bewegung, und natürlich war auch die Inselpolizei mit an Bord.

Als Mama im Hotel eintraf, erzählte ihr Frau Fokken, dass niemand außer ihr die Notsignale beobachtet habe. Wäre Mama nicht zum Deich gegangen, hätte es keine Hilfe für die Abenteurer gegeben.

Papa, Jan und die Kinder waren mittlerweile weiter in Richtung Swinnbalje gelaufen. Sie hatten zwar ihre Verfolger vertrieben, mussten nun aber darauf hoffen, dass Retter zu ihnen unterwegs seien.
Jan sorgte dafür, dass Lena die verbliebenen zwei Signalpatronen in einem Abstand von jeweils fünfzehn Minuten abfeuerte. So hatten die Retter Gelegenheit, ihren Standort genau festzustellen.
Nach einiger Zeit glitt auf dem Priel ein schwarzer Schatten an ihnen vorbei. Gleichzeitig vernahmen sie das Hämmern eines Dieselmotors, der mit voller Leistung arbeitete. Das Geräusch entfernte sich schnell in Richtung Westen.
“Das ist die ‘Abraxas’! Die Gangster versuchen jetzt mit Vollgas zu entkommen”, vermutete Jan.

Nachdem Lena ihre letzte Signalpatrone verschossen hatte und die Abenteurer schon befürchteten, niemand habe ihre Signale bemerkt, näherte sich von Westen her ein Boot. Scheinwerfer leuchteten das Watt ab und Stimmen riefen: "Hierher, kommt hierher!"

Papa atmete erleichtert auf. "Los geht's, nichts wie weg hier!"

Er nahm die Kinder an die Hand. Dann liefen alle gemeinsam ihren Rettern entgegen. Sie mussten nicht lange suchen, denn die Lichter wiesen ihnen den Weg. In der Swinnbalje ankerte die "Neuharlingersiel", ein kleineres Rettungsboot der Deutschen Gesellschaft zur Rettung Schiffbrüchiger.

Als die Rettungsmänner die Abenteurer sahen, brachten sie ein kleines Beiboot zu Wasser und holten sie an Bord. Noch bevor Papa die nassen Sachen auszog, durfte er über das Schiffstelefon im Hotel anrufen.

Mama nahm den Anruf entgegen und Freudentränen schossen ihr in die Augen.

Nachdem das Gespräch beendet war, wischte sie sich die Augen, drehte sich zu Frau Fokken und sagte nur:
"Sie sind in Sicherheit, es ist alles gut!"
Die Frauen nahmen sich in den Arm und drückten einander fest. Dann ging Mama in die Teeküche und bereitete zwei Becher dampfenden Kräutertees zu. Frau Fokken nahm ihren Becher in die Hand. "Eigentlich trinken wir Ostfriesen so etwas ja nicht, aber in einer Nacht wie dieser....!" Sie lächelte und nahm einen großen Schluck.

Anschließend saßen sie schweigend da und warteten auf die Rückkehr ihrer Lieben. Sie betrachteten Niels, der weiterhin tief und fest schlief. Er hatte von alldem nichts mitbekommen. Und darum beneideten die Frauen ihn.
Erst gegen Morgen kamen Papa, Jan und die Kinder in das Hotel zurück. Jan hatte sich von seinen Rettern noch einiges anhören müssen. Auch die Polizisten fanden sein Verhalten sehr leichtsinnig und meinten, gerade er als

Einheimischer hätte die Gefahren des Watts kennen müssen, gerade bei Sturmflut. Jan hatte nur schuldbewusst genickt und gar nicht erst versucht, sich zu verteidigen. Er wusste selbst, dass er dem Jagdgfieber erlegen war und dabei die nötige Vorsicht außer acht gelassen hatte. Auch Papa war sich darüber im klaren, dass er nicht ganz unschuldig daran war. Deshalb war Papas und Jans Stimmung etwas gedämpft.

Lena und Bjarne hingegen waren gut gelaunt und hellwach, obwohl ihnen die Anstrengungen der letzten Stunden in das Gesicht geschrieben waren.

Sie erzählten aufgeregt ihre Geschichte in allen Einzelheiten und konnten auch berichten, dass Onno Rabe und seine Komplizen auf der Flucht im Seegatt zwischen Spiekeroog und Langeoog festgenommen worden waren. Als ihm das Polizeiboot entgegenkam, wusste Rabe sofort, dass die Polizei ihm unangenehme Fragen stellen würde. So versuchte er, sich mit Gewalt die Durchfahrt zu erzwingen.

Er hatte Vollgas gegeben und versucht, das Polizeiboot abzudrängen, doch stattdessen war er mit dem Polizeiboot kollidiert. Die Verbrecher wurden auf der Stelle festgenommen. Bei der Durchsuchung ihres Schiffes konnte eine Kiste mit Gegenständen sichergestellt werden, die sie aus dem Wrack geborgen hatten. Worum es sich genau handelte, konnte zur Zeit noch niemand sagen. Aber ein Schatz musste es wohl sein, das war sicher. Nur zufällig fand man später auch noch Fiete in seinem Verschlag. Er lag immer noch gefesselt darin und schnarchte sturzbetrunken vor sich hin.

Nachdem Papa, Jan und die Kinder ihre Aussage gemacht hatten stand fest, dass Onno Rabe und seine Gesellen für einige Jahre ins Gefängnis wandern würden. Wie hatte einer der Polizisten aufgezählt: Schatzraub, Freiheitsberaubung, Körperverletzung, Bedrohung und so weiter und so weiter. Über Rabes Äußerung, die Gefangenen bei nächster Gelegenheit über Bord zu werfen, musste auch noch ein Wörtchen gesprochen werden.
Erst als Mama ihren Teil der Geschichte erzählt hatte, wurde den Schatzsuchern klar, dass die

Seenotsignale ungesehen verloschen wären, wenn Mama nicht am Deich gestanden hätte.

Als Jan und seine Mutter sich verabschiedeten, dämmerte schon fast der Morgen.
Danach kam es, wie es kommen musste: Todmüde fielen alle ins Bett und gerade, als sie fest eingeschlafen waren, wachte Niels auf. Er reckte sich einmal kräftig. Dann kroch er vor Unternehmungslust strotzend zu Mama und Papa ins Bett. Er tobte auf ihnen herum und zerrte so lange an ihren Armen, bis Papa sich erbarmte und aufstand.
“Bei drei Kindern ist eben immer was los!“, seufzte er.

Überraschung

Nach dem Ende des Inselurlaubs ging das Leben wieder seinen gewohnten Gang. Für Lena und Bjarne hatte die Schule begonnen, und Niels verbrachte die Tage im Kindergarten.
In den folgenden Wochen telefonierten die Kinder häufig mit Jan. Der konnte berichten, dass der Schatz mittlerweile sorgsam gereinigt und überprüft worden war. Es handelte sich tatsächlich um den Schatz aus der spanischen Fregatte von 1588.
In der Kiste hatten sich viele goldene Münzen, Pokale und Teller befunden. Der Wert dieser Gegenstände sei enorm, versicherte Jan. Sicher war auch, dass der Schatz schon bald in einem Museum landen würde.

Der Herbst war lange vorbei, und der Winter hatte Einzug gehalten. Schon vor Weihnachten lag Schnee über dem Land. An einem Freitagabend, als die Familie gemütlich in der

Küche saß, um sich über die selbstgebackene Pizza herzumachen, klingelte das Telefon.
Lena sprang auf und meldete sich: “Hier spricht Lena Richter!” Am anderen Ende der Leitung erklang eine vertraute Stimme:
“Hallo Lena, hier ist Jan. Ich wollte euch nur einen kleinen Tipp geben: Lest morgen früh gründlich die Zeitung und achtet mittags auf den Briefkasten.”
Bevor Lena nachfragen konnte, legte Jan auf. “Merkwürdig”, wunderte sich Lena, “Jan ist doch sonst nicht so kurz angebunden!”
“Vielleicht soll es eine Überraschung werden”, meinte Bjarne, und ahnte gar nicht, wie Recht er damit haben sollte.

Am nächsten Morgen wachten Lena und Bjarne früher als gewöhnlich auf. Die Neugier hatte sie aus dem Bett getrieben. Sie zogen sich an, ließen sich von Mama Geld geben und stapften durch den hartgefrorenen Schnee zum Bäcker. Außer den Brötchen kauften sie die neue Ausgabe des “Weser-Kurier” und liefen nach Hause. Kaum waren sie in der Tür, da nahm

Papa den Kindern ganz schnell die Zeitung ab. Lena und Bjarne protestierten zwar heftig, aber Papa versprach, ihnen laut vorzulesen. Auch er war neugierig. Zudem wusste er, dass es sonst sicher einen heftigen Streit zwischen den beiden darum gegeben hätte, wer die Zeitung zuerst lesen durfte. So war es nun mal. Wenn es darauf ankam, hielten sie zusammen wie Pech und Schwefel. Zu Hause dagegen stritten sie sich manchmal um jede Kleinigkeit.
Aufmerksam blätterte Papa die Zeitung um. Blatt für Blatt überflog er die Meldungen. Politik, Wirtschaft, Sport, Kultur. Dann stutzte er, breitete die Zeitung ordentlich vor sich aus und las die Überschrift vor:

“Der Goldschatz aus dem Watt. Oldenburger Landesmuseum eröffnet in der nächsten Woche eine große Sonderausstellung!”

Zweimal musste Papa den langen Artikel vorlesen. Alle Fundstücke des Schatzes wurden darin genau beschrieben und es wurde ausführlich berichtet, wie der Schatz gefunden

worden war. Natürlich fielen auch die Namen von Lena und Bjarne.
“Ohne die Aufmerksamkeit und beharrliche Spurensuche der beiden Kinder“, so las Papa vor, “wäre der Schatz von Kriminellen gestohlen und vermutlich still und heimlich an Sammler verkauft worden.”
Papa und Jan wurden nur am Rande erwähnt.
“Zu Recht!”, sagte Bjarne, “schließlich haben Lena und ich ja die Hauptarbeit gemacht, oder?”
Lena nickte voller Überzeugung.
Nachdem Papa mit dem Vorlesen fertig war, nahm Mama eine Schere und schnitt den Artikel aus.
“Den stecken wir in einen Bilderrahmen und hängen ihn in unser Wohnzimmer”, sagte Mama stolz. Danach warteten alle zusammen auf den Briefträger, der zum Leidwesen der ganzen Familie erst am späten Nachmittag kam.
Kaum hatte der Briefkasten geklappert, stürzten die Kinder hinaus Es war ein Brief aus Oldenburg. Darin befanden sich fünf Einladungskarten für die Ausstellungseröffnung am Sonntag in einer Woche.

Der Museumsdirektor hatte einen freundlichen Brief an die Familie beigelegt und angekündigt, dass Lena und Bjarne im Rahmen der Eröffnungsfeier auf die Bühne kommen sollten, um eine Belohnung in Empfang zu nehmen.
Die Kinder waren völlig aus dem Häuschen. Damit hatten sie nicht gerechnet. Während sie noch aufgeregt diskutierten, ob wohl das Fernsehen dabei sei und ob ihre Freunde sie dann in den Nachrichten sehen könnten, überlegte Papa schon, ob er Fotos oder ein Video von dem Ereignis machen sollte. Mama machte sich derweil Gedanken, was sie den Kindern anziehen könnte.
Eine Woche später war es dann soweit. Am Sonntag fuhr die Familie gemeinsam nach Oldenburg in das Landesmuseum. Papa brauchte sich nicht mal um einen Parkplatz zu bemühen, denn mit seiner Ehrenkarte durfte er direkt neben dem Eingang parken. Als sie das Museum betraten, wartete Jan schon auf sie. Er stellte der Familie den Museumsdirektor vor, der sie daraufhin persönlich durch die Ausstellung führte.

Alle waren schwer beeindruckt, als sie all die wertvollen Dinge sahen, die hinter dickem Panzerglas lagen. Dann begann die Eröffnungsfeier. Der Museumsdirektor hob die Bedeutung des Schatzes hervor und würdigte dabei die Leistungen der Kinder. Dann durften Lena und Bjarne auf die Bühne kommen.

Der Museumsdirektor erklärte, dass dem Finder eines Schatzes natürlich eine Belohnung zustehe. Allerdings wäre ja streng genommen Onno Rabe der Finder. Da der aber den Schatz rauben wollte, würde er selbstverständlich auch keinen Finderlohn bekommen. Statt dessen erhielten nun Lena und Bjarne eine Belohnung. Der Museumsdirektor überreichte den Kindern je ein Sparbuch mit 500 Euro Einlage

Und dann kam es noch ganz dick: Die Kinder bekamen jeder eine Schatulle überreicht, in der sich jeweils eine der goldenen Münzen aus dem Schatz befand.

“Passt gut auf sie auf! “ sagte der Direktor, “Es die Erinnerung an ein ganz großes Abenteuer. Außerdem,“ so fügte er hinzu, “sind diese

Münzen mindestens so viel wert wie die Sparbücher."

Die beiden Kinder freuten sich riesig und bedankten sich brav. Bevor sie die Bühne verlassen konnten, hielt der Direktor ihnen noch das Mikrofon hin: "Möchtet ihr auch noch etwas sagen?", fragte er.

Lena hatte plötzlich einen ganz trockenen Mund vor Aufregung. Da unten in dem großen Saal saßen bestimmt zweihundert Gäste, die auf sie blickten. Doch sie traute sich, ergriff das Mikrofon und sagte mit klarer Stimme: "Wir möchten uns noch ganz doll bei Papa, Mama und Jan Fokken bedanken!"

Als der Beifall aufbrandete, zog Bjarne das Mikrofon schnell zu sich heran:

"Und auch bei Niels!", rief er hinein und hatte damit die Lacher auf seiner Seite.

Über den Autor

Hans-Rainer Riekers wurde 1951 in Bremen geboren und hat dort bis zu seiner Pensionierung als Polizeibeamter Dienst verrichtet. Das Interesse seiner Enkelkinder an seinem Beruf war immer so groß, dass er sich entschloss, dem literarisch Rechnung zu tragen.

Der Roman „Der schwarze Kutter“ ist der zweite Kinderkrimi des Autors, der bisher veröffentlicht wurde. Auch dieser Roman hat einen starken norddeutschen Bezug. Er spiegeln das Leben am Meer, im Norden, aber auch die damit einhergehenden Gefahren wider.

Ebenfalls bei Amazon erschienen:
„Strandkorb 233 – Die abenteuerliche Auflösung des Rätsels um einen einsamen Strandkorb“
www.Strandkorb233.de

3868892R00105

Printed in Germany
by Amazon Distribution
GmbH, Leipzig